A Viagem de Bediai, o selvagem

EDILSON MARTINS

A Viagem de
Bediai,
o selvagem

E o voo das borboletas negras

TOPBOOKS

Copyright © 2014 Edilson Martins

EDITOR
José Mario Pereira

EDITORA ASSISTENTE
Christine Ajuz

REVISÃO
Miguel Barros

PRODUÇÃO
Mariângela Felix

CAPA
Julio Moreira

DIAGRAMAÇÃO
Arte das Letras

CIP-BRASIL. CATALOGAÇÃO NA FONTE.
SINDICATO NACIONAL DOS EDITORES DE LIVROS, RJ.

M334v
    Martins, Edilson
    A viagem de Bediai: o selvagem: e o voo das borboletas negras / Edilson Martins. – 1. ed. – Rio de janeiro: Topbooks, 2014.

    258 p.; 21 cm.

    ISBN 978-85-7475-239-6

    1. Ficção brasileira. I. Título.

14-16054   CDD: 869.93
                                    CDU: 821.134.3(81)-3

TODOS OS DIREITOS RESERVADOS POR
Topbooks Editora e Distribuidora de Livros Ltda.
Rua Visconde de Inhaúma, 58 / gr. 203 – Centro
Rio de Janeiro – CEP: 20091-007
Telefax: (21) 2233-8718 e 2283-1039
topbooks@topbooks.com.br/www.topbooks.com.br
Estamos também no Facebook.

SUMÁRIO

Vale a pena explicar 9
Os Brancaleones – *Apoena Meireles* 11
Dez milênios nos contemplam 13
O manuscrito 23
Montezuma perdeu 25
O mundo vai pegar fogo 28
Os bárbaros também choram 45
A morte e o silêncio 53
Tigre aparece 64
O transistor é revolução 70
A multiplicação dos desejos 91
Garça sem asas 126
Despedir pode ser "adeus" 129
Nostalgia da selva 155
A prepotência perdeu 240
Quem matou Gilberto? 246
O voo das garças sem asas 252
Sonho ou pesadelo? 257

VALE A PENA EXPLICAR

Este livro é uma prestação de contas aos meus amigos sertanistas: os irmãos Álvaro, Cláudio e Orlando Villas-Bôas. Há mais: Zé Bel, Possidônio Bastos, Acrísio Lima, Aymoré, Gilberto Pinto, Apoena Meireles. Todos já deram adeus! Apoena foi fuzilado no momento em que buscava uma saída para os índios contatados por ele e o velho Chico Meireles, seu pai, em Rondônia, tragados pelas chamadas frentes civilizatórias. O Darcy Ribeiro bem que ensaiou ser sertanista, mas o que conta foi sua incalculável contribuição teórica à luta desses povos. Sidney Possuelo, felizmente, ainda permanece vivo.

Chico Mendes não pode ser identificado apenas como um líder dos seringueiros; para mim, pelo nosso companheirismo, foi muito mais que isso. Gilberto Pinto foi trucidado pelos Waimiri-Atroari, no Amazonas, seus amigos de véspera. Possidônio Bastos, jornalista, e Acrísio Lima, telegrafista, tiveram o mesmo fim, só que de forma mais cruel: eliminados e comidos pelos Cinta-Larga, em Rondônia, nos idos dos anos 1970.

Desde o final dos anos 1960, acompanhei, como repórter, a saga dos povos amazônicos mais primitivos ainda existentes em nosso planeta. Este diário, vamos chamá-lo assim, é a narrativa desses contatos, alguns inaugurais no choque entre civilização e barbárie.

Que fique claro: inexiste qualquer linearidade na narrativa. Trata-se de um diário solto, alinhavado no espaço de quase três anos — 1973/1975 —, sem nenhuma ordem nas datas.

OS BRANCALEONES

*Apoena Meireles**

Em 1975, ao assumir a direção do Parque Nacional do Xingu, no bojo de uma grande crise na questão indigenista, o fiz pela intervenção direta de Edilson Martins, que intermediou meu encontro com os irmãos Villas-Bôas. A partir desse momento, aceitei dirigir o Parque Nacional do Xingu. Naqueles anos, envolvido com os índios brasileiros, pude contar com sua parceria, principalmente varando os sertões deste país. Como apagar uma visita a uma nação Caiapó, no vale do rio Xingu, onde esquecemos os presentes destinados às mulheres? Erro fatal.

Por termos dado todos os presentes aos homens, não tínhamos nenhuma moeda de troca com as mulheres, que ficaram profundamente descontentes. Deram o troco. Ficamos sem comida. Foi aí que Edilson descobriu o interesse de uma adolescente txucarramãe por sua mochila de lona. Negociou,

---
* Apoena Meirelles — Sertanista — Setembro de 2003.
Presidiu a Fundação Nacional do Índio (Funai) e foi diretor dos Parques Indígenas do Xingu (MT) e do Aripuanã (Rondônia) nos anos 1970.
Em 2004, logo depois de escrever este texto, Apoena foi assassinado em Porto Velho (RO), quando deixava uma agência bancária. Até hoje, a motivação verdadeira de sua morte permanece um mistério.

negociou e terminou obtendo uma inambuzinha, de meio quilo, em troca de sua mochila militar, velha companheira de selva.

Ficamos inflados de expectativa, já que comeríamos enfim alguma proteína. Sem nos alimentar há quatro dias, eis que dentro do barco, já retornando, ele nos oferece um pirão sem sal, sem sangue, sem gosto, insuportável de comer. Continuamos em jejum.

Nos tempos difíceis do Parque Indígena do Aripuanã, quando a Rondônia dos anos 1970 era um barril de pólvora –, com os grileiros e bandidos nos ameaçando de morte, invasores que eram de terras indígenas – sempre estivemos juntos, dormindo em redes, com a Winchester ao lado e Marx em nossas mochilas. Na atração dos Avá-Canoeiro, em Goiás, onde esses índios estavam sitiados por fazendeiros, Edilson Martins participou também, assim como acompanhou os primeiros contatos com os Zoró, em Rondônia.

DEZ MILÊNIOS NOS CONTEMPLAM

SETEMBRO DE 1975

Dá pra imaginar um primeiro contato, um encontro nada casual, com um povo separado de nós 9,10 mil anos?! Quem sabe com precisão? Quando entregamos o terçado — facão de aço — e recebemos em troca o machado de pedra, alguma coisa nos desequilibrou. Duas culturas que se afastaram, numa milenar caminhada, vamos imaginar assim, seguiram rumos distintos, e se reencontraram 10 mil anos depois, nas margens de um perdido rio amazônico! A essa reaproximação, registrando uma assustadora distância histórica e cultural, nesse mês de setembro, nós assistíamos — mais que isso, participávamos dela.

Não conhecem a rede, dormem em esteiras de palha, desconhecem o beijo, fazem amor com a companheira pelas costas, e suas necessidades fisiológicas em pé, aquela. E na maior cara de pau, conversando, como se estivessem tomando uma talagada de cachaça, numa roda de amigos. Num primeiro momento, duvidei! Devo estar delirando, tudo foi muito denso, imprevisível o efeito dessas folhas do Bediai, e estou, portanto, a produzir alucinações.

Diante de nós um selvagem imenso, pelo menos à nossa imaginação alterada, com uma grande borduna à mão, tentando se comunicar com gestos, expressões corporais, e eis que o vemos logo depois, como se recompondo dos momentos de tensão, fazendo esse absurdo, na maior naturalidade. E que odor, nossa Mãe!

— O diabo desse índio deve comer caititu cru — diz Zé Messias, reclamando do mau cheiro. Foi preciso a perplexidade da Iaci, pondo as mãos à boca e um sorriso incrédulo, para me certificar de que não tinha ensandecido. Ninguém, ninguém mesmo pode imaginar situação mais grotesca. Nesse exato instante ficou claro que séculos, milênios nos separavam. Se estávamos à frente ou atrás, é outra história.

Esquisitices

Ignorar o beijo e fazer amor com a parceira por trás, igualzinho macaco, desconhecendo a relação frontal, olho no olho, vamos admitir, é algo que surpreende e desconcerta. Dá pra suportar. Mas se apresentar, assim, durante comunicação formal — ruidosa, espalhafatosa, sim, mas supercautelosa — com visitantes que eles nunca viram? Dez títulos de doutorado, as mais conceituadas universidades do mundo, não valem uma bizarrice dessa natureza!

São tantas as esquisitices, mas uma, especialmente, nos incomodou: por que cuspiram o nosso corpo todo, logo após o primeiro contato? Durante a confraternização caótica com cerca de trinta a quarenta selvagens, ainda cansados, assim como nós, pelo nervosismo da situação, o inusitado do encontro, ainda sujos e ofegantes, lá se pôs uma velha, surgida do meio do mato, sabe Deus de onde, a nos lambuzar com saliva pegajosa. Não se contentava em passá-la em nossas pernas, braços, barriga, joelhos e pés. Ia ao detalhe de nos lambuzar demoradamente no rosto, olhos, nariz e, principalmente, nos lábios!

Sim, o que estava em jogo eram nossas vidas, era uma "pacificação" de selvagens, conforme se diz mentirosamente até hoje. Mas não precisavam exagerar! O diabo da velha se esmerava, repetia a dose, repetia a camada lodosa, a baba fedorenta, principalmente na face, nos lábios. Horror!

— Eles só confiam na gente depois de tocar, abraçar — ensina Bediai, um velho índio aculturado, nosso mateiro.

— E por que nos lambuzar de baba e cuspe?

— Ah, acreditam que, ao passar cuspe em *yara*, ele não pode mais fazer mal à aldeia.

* * *

Não sabem ler, não têm um código escrito, que possam legar de geração a geração, não pesquisam, não questionam, desconhecem a dúvida, sequer se perguntam se a terra é redonda ou quadrada! São indagações inexistentes e, no entanto, são portadores de uma curiosa concepção de vida.

* * *

Durante a manhã, rodadas de conversações. Conversas por meio de gestos, mímicas, expressões corporais, uma vez que as palavras não contam. E haja agarramento! Formamos dois tipos de gente: um civilizado, isto é, metido a besta, o outro na idade da pedra. Duas culturas que se comunicam sem se falar. O riso, o choro, os abraços, os gestos e os toques, nessa colisão milenar, são anteriores ao verbo.

Ganhamos mel, vasos de barro, frutas, colares, pulseiras, bordunas, milho e abacaxi. Em troca demos muito pouco. E melhor que assim seja, uma vez que todos os nossos brindes são porcarias, alguns fatais para o destino dessa gente. Estamos em fim de expedição, em linha terminal. Queriam nossas armas, mas apenas uma velha espingarda de baixo calibre lhes foi presenteada. Roupas, principalmente as coloridas, do que havia, ainda, entre nós. Houve, entre tantos outros, um fato curioso: o Marcelo guardava umas bolachas, que vinha comendo escondido, mas que agora, no calor da emoção, liberou. Canalha, usura do melhor quilate. E as ofereceu com pompa e liturgia. A emoção é a grande e traiçoeira vilã da razão, onde não raro esta leva a pior.

Reação: cuspiram tudo, com muito nojo. Em troca nos ofereceram um acepipe branco, também com liturgia e deferência. Experimentamos, mas imediatamente, com muito nojo, tivemos que cuspi-lo: polpa da bunda de tanajura, formiga fedorenta feito peido de guariba.

Os primeiros delírios

Parte de nossa história, resgatada pelos diários de estrangeiros que nos visitam desde o século XV — deliciosos, fantásticos, exagerados, e assustadores —, foi escrita, imagino, sob intenso delírio; tanto de febres malsãs — amarela, tifo, malárias e outras ignoradas — e não menos de chás, ervas, cogumelos, cipós mágicos, encantando e deixando piradões aventureiros, missionários, corsários, pastores evangélicos, padres, puritanos, todos os porras-loucas da época, e levando-os a inimagináveis *viagens* alucinadas. São centenas de relatos, entre os séculos XV e XIX. Seres deformados, orelhudos, olho na testa, olho de diamante, amazonas imbatíveis com seios cortados, montanhas inteiramente de pedras preciosas e, finalmente, rios de ouro, muitos rios.

A partir dessas fantasias o Tratado de Tordesilhas — 1494 —, firmado antes da chamada Descoberta do Brasil, separando as áreas de ocupação de Portugal e Espanha, as duas nações imperialistas da época, afora outros motivos, começa a ser desmontado. Não era só a busca do Eldorado, havia todos os tipos de crença na imaginação dos europeus. O Pantanal era o lago Xarais, paradisíaco, e provava que o Brasil era uma ilha, onde o ouro dominava todas as suas águas.

Sérgio Buarque de Holanda definiu esse Brasil de ontem como "uma visão do paraíso", no qual as pessoas viviam inocentemente, em um clima perfeito, cercadas de pássaros exóticos e animais estranhos. Essa era a lenda. Américo Vespúcio, não menos exagerado, em carta a Lorenzo de Médici, escrita de Lisboa em 1502, falava de um povo que vivia sem dinheiro, propriedade ou comércio, em completa liberdade social e moral, sem reis ou religião. Mais uma lenda.

Utopia, de Thomas More, publicado em 1516, foi em parte inspirado pelos relatos do Brasil feitos por Vespúcio, e esse livro, sem dúvida alguma, vai influenciar Rousseau, e de resto a Revolução Francesa. Quem diria: o Brasil, com os índios idealizados pelos cronistas, em estado de cultura pura, formatando a trilogia da Grande Revolução – Liberdade, Igualdade e Fraternidade?

Esse Vespúcio, mais que Caminha ou qualquer outro, será o grande repórter, o minucioso cronista investigativo do Novo Mundo. Como àquela época era muito trabalhoso, senão impossível, checar qualquer informação, Américo

Vespúcio delirou, exagerou e viajou à vontade nas fantasias mais alopradas. Claro que tivemos padres católicos e calvinistas — André de Thevet, Jean de Léry, por exemplo, também contribuindo nesses exageros.

Montaigne, com os seus ensaios no século XVI, vai fazer a cabeça dos intelectuais dos séculos seguintes, embora ele em si, um cético, desencantado já com o processo civilizatório, que avançava de forma assustadora descobrindo Novos Mundos. Montaigne vai, portanto, com o seu texto saboroso, porquanto pesquisando a alma humana, influenciar Montesquieu, Voltaire e, sobretudo, Rousseau; enfim, os grandes ideólogos da Revolução Francesa.

A prevalência das imagens

Não tardou esse paraíso começa a ruir. A primeira xilogravura colorida, à mão, aparece em Augsburgo, sul da Baviera, em 1505, exibindo, para perplexidade de muitos, homens e mulheres marrons, quase inocentemente mastigando braços, coxas, bundas e pernas, defumando as partes restantes dos corpos humanos em fogueira a céu aberto, em animado festim, sob intensa animação antropofágica.

Essa xilogravura tem a autoria de Johan Froschauer, e nela Vespúcio, como bom repórter, é pródigo nos detalhes dos pastos dos habitantes primitivos desse Novo Mundo. "O filho copula com a mãe; o irmão, com a irmã; e o primo, com a prima; o transeunte e os que cruzam com ele. Quantas vezes querem, desfazem os casamentos, nos quais não observam nenhuma ordem".

Vespúcio prossegue informando que "dentre as carnes, a humana é para eles alimento comum. Dessa coisa, na verdade, ficais certo, porque já se viu pai comer os filhos e a mulher. Conheci um homem, com o qual falei, do qual se dizia ter comido mais de 300 corpos humanos". A imagem do Brasil como região idílica, sem males e sem reproche, começa a ser desconstruída já na primeira década da descoberta. Tem início a demonização.

A xilogravura de Froschauer, colorida, exibindo imagens nada generosas e diabólicas para o mundo que se queria descobrir e dominar, continha diferentes notícias do nosso bravo repórter Américo Vespúcio, na qual se lia, para quem quisesse ouvir: "Eles lutam uns contra os outros e devoram uns aos outros...Vivem por 150 anos e não têm governo". A demonização e a folclorização da nova terra e de seus habitantes primitivos prosseguem, e não iriam parar tão cedo.

Há também os relatos de Hans Staden. Mercenário alemão, aqui se envolveu em diferentes combates, inclusive entre portugueses e franceses, já no século XVI. Segundo seus textos, numerosos, e que produziram imensa curiosidade em toda a Europa, teria sido preso pelos tupinambás, e aí as peripécias não foram poucas, muito pelo contrário. Hans Staden, sem favor algum, foi o grande propagador das versões de comilança humana, o cronista-mor da antropofagia. Pode até ter exagerado, mas que ela existia é inquestionável.

Com todos esses precedentes, nada dóceis ou generosos, já no início de seu nascimento, em sua primeira infância — vamos avaliar assim — como imaginar que, no correr dos anos, décadas e séculos, o Brasil seria um país cordial, com um povo derramado em ternura, dotado de uma infinita capacidade de perdoar? Bem, a leitura sociológica, como qualquer outra ciência, comete seus vacilos, seus percalços.

O espelho do inferno

O que essas narrativas tinham de falso era a interpretação. Não havia perversidade criminosa ou patologia nessas práticas; eram nada menos que memórias culturais, resultantes de uma visão que repousava no sobrenatural. O mundo desses povos primitivos era, e continua sendo, regido pelo sobrenatural. O inimigo abatido durante os combates, posteriormente servido como alimento, não poderia sua alma retornar para produzir males à aldeia.

E, no entanto, é bom que registremos, esses relatos, depoimentos, narrativas, mesmo com todos os seus exageros, fantasias, delírios, alopramentos, foram definitivos para compreensão de como éramos ontem. A nossa história é construída, resgatada a partir deles, e sem eles talvez não fosse possível entender o que somos hoje.

Os portugueses, em suas aspirações de um mundo religioso — "Terra de Santa Cruz" é uma expressão disso —, fracassaram. Venceu o viés comercial, daí a vitória do prosaico pau-brasil prevalecendo como batismo. Não demora a Europa se debruça sobre o extrativismo, a escravização do índio, o processo de rapina no conhecido modelo colonial. O jesuíta Antônio Vieira, responsável pela ordenação de nossa língua, vai logo depois descrever os caldeirões fervilhantes das usinas de açúcar como "um espelho do inferno".

Cabral descobriu a América

A leitura do diário de bordo de Colombo é um expressivo retrato para se entender a percepção de mundo dominante. Ele se insurgiu contra uma verdade de seu tempo: a Terra quadrada. Numa Europa dominada pelo obscurantismo, pelos horrores da Inquisição, um estrangeiro — Colombo era genovês — convence a Coroa espanhola, a mais poderosa da época, a mais reacionária e religiosa, a acreditar em sua loucura. Levou as três caravelas e dezenas de homens, inclusive alguns nobres, ao que seria um suicídio previsto. Não foi à toa que durante a viagem ludibriou a tripulação, escamoteou, escondeu a milhagem percorrida, e se impôs pela força. Em suma, a descoberta da América foi uma aventura única, ousada, em que se negligenciou o senso comum, a verdade dominante.

Colombo pautava encontros com os índios imaginando estar diante de marajás. E não parou por aí; o seu sentimento religioso era tão piegas que o levou a produzir sandices místicas com empáfia. Os primeiros contatos com as populações da América foram desastrosos, não só para os índios como também para os comandados de Colombo. Foram carnificinas generalizadas. Em sua última visita às terras descobertas voltaria acorrentado e destituído de todos os privilégios que a Espanha lhe concedera.

Os reis Fernando e Isabel, que o patrocinaram, respondem pelo esplendor do cristianismo, sem prejuízo de terem sido os mais repressores e agressivos de seu tempo.

Na verdade, Colombo não conheceu nem pisou no continente; esteve nas Antilhas, Caribe, no arquipélago formado por República Dominicana, Haiti, Jamaica, Bahamas e outras ilhas. Quem pisou pela primeira vez no continente americano, pelo menos oficialmente, foi Pedro Álvares Cabral. Mas isso, até hoje, os portugueses parecem não saber.

E esses devassos, parcelas deles, chegam também com suas infinitas pirotecnias sexuais, no início apenas sussurradas, no recôndito de seus armários e religiosidade, mas logo depois esses cantos se espalhariam ruidosamente por todo o litoral brasileiro, invadindo praias, aldeias, malocas, sertões, nações inteiras, seduzindo e deslumbrando as mulheres desse novo mundo. Tinha início a grande orgia interétnica que nos daria o Brasil de hoje. A deliciosa gandaia sexual sinalizava que estava vindo para ficar.

O MANUSCRITO

19 DE ABRIL DE 2014

Hoje é o Dia Nacional do Índio. Que bobagem. Todo dia é dia do índio, conforme insistia meu pai. Os trechos que você acabou de ler fazem parte de um manuscrito do coroa. Coroa aqui vai como licença saudosa, já que bateu as sandálias com pouco mais de 40 anos. Morreu nessa data, e lá se vão 25 anos.

Morreu consciente do naufrágio da maioria de seus sonhos. O século passado não perdoou nenhuma de suas utopias, se é que as teve de verdade. Alguns meses a mais e teria assistido à derrubada do Muro.

Convivi muito pouco, mas guardo dele uma memória alegre. Em verdade morreu na hora certa. Sua cabeça dava sinais de enfado diante de tantas transformações. Morreu sem glamour, o sangue bichado pela malária.

A iminência de mais um ano da data de sua morte me levou, sei lá por quê, a mexer em seus objetos pessoais, meses após o meu retorno do exterior. Pai desorganizado! E não é que encontrei, há semanas, esses manuscritos? Textos à mão e outros datilografados. As laudas datilografadas estão desbotadas, pelo tempo e o uso excessivo de sua velha Olivetti 22, portátil. Tudo dinossauro. Os escritos à mão são os piores.

Encontrei uma velha foto, em preto e branco. Tenho-a diante de mim, amarelada, desbotada. Nela estão ele, na calçada, e minha mãe, com a cara assustada, no interior de um táxi. Tudo relíquias.

O que você vai acompanhar, a partir de agora, é um diário, pelo menos é assim que ele o denomina, só que com lacunas, textos ilegíveis e, o mais grave, sem precisão de datas; falo da cronologia dos dias. Os meses e os anos estão identificados, as datas do dia a dia, não. A cara dele. E, no entanto, o que perde em linearidade, não perde tanto, imagino, na compreensão da narrativa. Apesar do tempo — quatro décadas e tantas mudanças — está valendo a pena visitá-lo. Começo a conhecer as últimas décadas do século que se foi, a decifrar o labirinto de outras histórias.

* * *

"Que o jovem não espere para filosofar, nem o velho de filosofar se canse... Quem diz não ter ainda chegado sua hora de filosofar ou já ter ela passado, fala como quem diz não ter ainda chegado ou já ter passado a hora de ser feliz".

EPICURO | Carta a Menequeu — séc. IV a.C.

MONTEZUMA PERDEU

31 DE DEZEMBRO DE 1973

Acordei com o céu cinzento. O que há de mal em começar um diário com um lugar-comum? As imagens estavam vivas. Estive em Tenochtitlán, em sua época a mais bela cidade de todo o hemisfério norte. Criada no século XIV, essa cidade, de 250 mil habitantes, capital do império de Montezuma, foi construída sem a ajuda de rodas ou animais de carga.

Numa época em que suas irmãs europeias estão mergulhadas em sujeira e pestes periódicas, ela é o testemunho de uma civilização que deu certo. Até o século XIV os astecas perambularam por diferentes regiões do México, sempre combatendo seus inimigos, que não eram poucos. Terminaram fixando-se num brejo paradisíaco de uma das ilhas do lago Texcoco. Ali foi construída a joia de todo o hemisfério ocidental de seu tempo. Com uma arquitetura sem precedentes, dominando a matemática e a astronomia, entre outras ciências, em 1519 os astecas começaram a enfrentar os espanhóis comandados por Hernán Cortés.

A Europa farejava ouro e prata nas terras americanas. Cortés, como todos os saqueadores de seu tempo, queria o mesmo. Numa primeira tentativa foi derrotado pelos guerreiros de Montezuma, mas teve a espertaza de tomar duas decisões diabólicas: queimou todos os navios em que chegara, impedindo que quaisquer de seus homens pudessem retornar; e depois estabeleceu alianças com os subjugados e adversários de Montezuma. É o que diz a lenda.

Acordei, portanto, com uma sensação de tristeza e indignação. Como os desejos são a matéria-prima dos sonhos, é possível que a interpretação de tudo isso não passasse de uma vontade de mudança, quem sabe um milagre. O Brasil está sitiado e os direitos humanos anulados. Faz, neste ano de l974, exatamente 453 anos que Tenochtitlán tombou. Se os desejos são a matéria-prima dos sonhos, não havia o que decifrar, não havia o que interpretar. Confuso, cabeça estourando, soltei um arroto que impregnou o quarto, cujas janelas permaneciam fechadas. Dormi mal.

Ah, a noite paulista...! Quem era essa mulher? Conheci-a num bar esfumaçado, onde a noite é um espaço aberto. Nela todas as alianças são possíveis. Agora, com essa estranha ao meu lado, a tarefa primeira é acordá-la, inventar uma história qualquer e despachá-la. O quarto cheirava a cigarro. Merda de mulher fumante. O que fazer? Despachá-la de táxi.

Simulei pressa, esperei o carro dobrar a curva da rua e ouvi um click de máquina fotográfica: era a adolescente do andar de cima, experimentando o presente da véspera. Logo retornei à pasmaceira de sempre.

O ano de 1973 legou-nos mais uma ditadura de bom tamanho. O Brasil começa a produzir os primeiros filhotes. O Chile passa às mãos do Augusto Pinochet. O cerco dos gorilas está se fechando. Está na cara que o Brasil contribuiu. O golpe do Chile foi de mão, de uma só tacada, feito mijo de rã. O nosso foi gradual, contando as gotas, quase homeopático.

* * *

O telefone toca.

— Ô, meu, aqui é o Alfredo! Tá dormindo? Vamos à Amazônia? Arranjei uma produção com uma televisão estrangeira, alemã, e precisamos de você. Tanto pro roteiro, como...

O MUNDO VAI PEGAR FOGO...

JANEIRO DE 1974

Estamos na década dos megaprojetos, da implantação das multinacionais na Amazônia, da guerra do Vietnã, da conquista espacial. Ebulição no mundo. A violência, exibindo as sedutoras meias de seda do progresso, pede licença; pensando bem, não está pedindo porra nenhuma.

* * *

O nosso alvo é a rodovia Cuiabá-Porto Velho. Devemos nos demorar algum tempo entre os dois estados: Rondônia e Mato Grosso. Vamos percorrer Cáceres, Vilhena, Cacoal, Ji-Paraná, Ariquemes e outros vilarejos ainda surgindo. São as áreas dramáticas, tensas e tumultuadas da região. A rodovia vai ser asfaltada com financiamento do Banco Mundial, a banca dos donos do mundo.

Dá para se prever o tamanho da calamidade, numa das áreas mais ricas de toda a região. Vão repetir o que se fez na Belém-Brasília: derrubada e queimada de matas primárias ao longo da rodovia. Sonhada por Juscelino, os milicos agora vão implantá-la, tudo isso em nome da segurança nacional. Todo milico, em tese, é um ser paranoico. Só pensam em guerra, subversão, invasão de fronteiras, e guerra psicológica. Égua!...

* * *

Estamos de mochila às costas, como o bom diabo gosta. De dia viajamos com os faróis acesos, tal a poeira que entra pelas narinas, boca, olhos, ouvidos, entranha na roupa, provoca alergia no corpo inteiro e, no final, nos faz igual à terra. Vistos à distância, parecemos camuflados. Difícil nos identificar a mais de 6, 8 metros, difícil imaginar pessoas nessa estrada poeirenta, da cor de mel, onde o suor de um calor de 40 graus junta-se à terra, firmando uma camada lodosa por todo o corpo. Ao pó retornamos. Pode ser. Só pensamos num banho, mas banho não há. Há estrada a percorrer, numa velocidade nunca superior a 40, 50 km/hora, tais os buracos, as valas, a falta de visibilidade diante do pó nefasto.

Vamos gastar pneus na BR-364, a famosa Cuiabá-Porto Velho, que busca alcançar Rio Branco, no Acre, e sonha chegar até o Pacífico, na costa peruana. Esse desejo, como quase todos os desejos, contém não poucos perigos. Não existe desejo sem decepções. Mais cedo ou mais tarde o Atlântico vai dar as mãos ao Pacífico, via estrada.

O clima lembra os filmes da saga americana na penetração pioneira para o oeste. As cidades vão-se criando à beira das rodovias, à beira da loucura, numa rapidez alucinante. Um formigueiro de gente alijada, sem eira nem beira. Paranaenses, capixabas, gaúchos, catarinenses, paulistas e nordestinos. Um saco misturando gatos que nunca se viram ou se cheiraram. E tome boteco, pensões, briga por terra, conflito entre índios e colonos, entre posseiros e índios; colonos e posseiros formando alianças contra os índios, caminhões atolados e muitas putas.

...E PODE PIORAR

Olhe com atenção! Não revele indiferença nem formule juízo ligeiro. São quase 9 horas da noite nesse bordel vagabundo de beira de rodovia. As meninas ainda estão tímidas, recolhidas. Nesta sexta-feira a dissipação praticamente não começou. Isso acontecerá mais tarde, quando os fantasmas da noite se estabelecerem. Os homens saboreiam as primeiras cervejas, estão sóbrios e as garotas os aguardam praticamente em silêncio. E cautelosas. Os mais românticos, os sonhadores, gostam de visitar o bordel nesse início de noite. Alegam que as meninas ainda se encontram limpas, não se embriagaram, somente ao longo da noite isso acontecerá e, portanto, guardam ainda sentimentos de ternura que o álcool, os cigarros e as sucessivas rodadas de homens encarregam-se de eliminar.

No canto esquerdo da sala do bordel, onde a cafetina-dona pontifica com cara de mulher má, há uma menina, menina porque dificilmente terá mais de 16 anos. Esguia, alta, olhos levemente claros, procede dos sertões de Goiás. Sua roupa é simples, um vestido colorido, lábios sem pintura, pernas alvas e adoráveis, sapatos de salto alto. Sua juventude e encanto minimizam uma leitura de mau gosto no conjunto de suas roupas. Nos jovens nada é ridículo. Nos velhos praticamente tudo.

Num baile de formatura, ou numa missa dominical, poucos homens deixariam de percebê-la, quem sabe produzir sonhos, elucubrações luxuriosas. Há nela aquilo que a alma romântica sempre perseguiu: inocência no olhar, discrição nos gestos e uma sensualidade cautelosa mas impossível de esconder.

Houve um poeta alemão que disse resistir a tudo. Aos 80 anos aprendera a transpor as dificuldades da vida. E no caso dele não foram poucas. Mas alertava: "Diante de duas coisas reconheço minha vulnerabilidade: a beleza e a juventude". Pois bem, diante dessa menina, Goethe seria um homem absolutamente frágil. Ela possui essas duas virtudes — certamente passageiras — de forma elegante e equilibrada.

Olhe com mais sutileza e saiba que faz parte da última leva de garotas recém-chegadas do Sul, conforme se diz por aqui. Entre todas é a mais cotada, sem prejuízo de não ser a mais bela. E há, em seu olhar, um imenso mistério, mistério que nenhum homem aqui deseja descobrir, mas alguns, talvez, sabem existir. Ninguém quer decifrá-la, todos, ou quase todos, desejam comê-la, desfrutá-la, certamente com sofreguidão. Pode-se acreditar que esconde todos os mistérios que assolam as moças simples, de famílias humildes, mas especialmente dengosas, que povoam a passagem da adolescência para a vida adulta. A vitamina do desejo sempre foi a juventude.

Detenha-se mais uma vez na mesa onde se encontra. Há, junto, duas amigas, recém-chegadas, ainda em processo de amansamento com os costumes e a gente local. Os brincos exibidos são joias de fantasia, assim como os anéis e as pulseiras, imitando ouro, basta examinar nos detalhes. Mas o que está longe de ser falso é o olhar: revela toda a perplexidade do mundo. Fernando Pessoa diria desencanto. Cristo, ao ressuscitar, negligenciou os discípulos e preferiu, sabe o Pai por quê, reaparecer primeiramente diante de Maria Madalena, uma prostituta, mais tarde elevada a santa. Portanto, se não somos capazes de compreender, não sejamos precipitados em julgar.

Nesse exato momento ela cruzou as pernas. Que mobilizante mistério! Numa fração de segundos foi possível vislumbrar, com a rapidez de um relâmpago, sua calcinha cor-de-rosa, alguma coisa fugaz, mas terna e alucinante diante de um olhar roubado, enxerido. A imagem congelou-se, assim como quem guarda um quadro eterno, um sorriso de Monalisa, outro clichê, um instante inesquecível.

Vilãs ou heroínas?

Ah, as putas. Deusas da noite, musas de corações cafonas, rainhas de súditos infiéis, maltrapilhos e fedorentos. Musas de paixões derramadas, fatais. Mereciam um livro, teses acadêmicas, narrando sua odisseia, deslocando os homens como se marionetes fossem, movidos pelo desejo que semeiam, parindo, legando ao mundo filhos bastardos, alguns, mais tarde, heróis culturais desses vilarejos.

Serão, se justiça e sensibilidade houver, as grandes protagonistas da arte do próximo milênio. Ah, doces e carentes putas, que papel lhes caberá? Vilãs ou heroínas? Quem viverá seus papéis? As filhas da elite do Sul, as mulheres mais estonteantes, as mais belas atrizes? A arte sempre negligenciou as putas de carne e osso, em todos os tempos. Mais tarde, quem se propuser a contar a história desses anos de transição não poderá, jamais, subtraí-las.

Na vida real, nesse inferno de água barrenta, calor dos diabos e poeira úmida, são esquálidas, feias e sifilíticas, quantas vezes. Identificá-las, difícil, como as filhas deslumbrantes de Eva. Mas cumprem seus papéis. Com grandeza, sedução cafona e até talento. Que grandes atrizes têm sido no palco da vida!... Que seriam dos aventureiros anônimos, dos bandidos, dos canalhas, nas noites de lua, nas beiras de rio, nos bailes regados a cachaça e muita peixeira? Não seriam nada, não seriam ninguém... Todos os dias, nos bordéis, os forasteiros procedentes das estradas, do tráfico de drogas, dos garimpos, após bamburrarem — encontrar o ouro perseguido — repetem Shakespeare no vulgar, sem nunca terem lido o grande bardo.

— Minha vida por uma puta!

E adeus às fortunas surgidas, por encanto, da lama imunda e fedorenta do barranco. Uma noite de putaria vale, para muitos que bamburram, uma fortuna perseguida ao longo de uma vida e desperdiçada entre falsos beijos, juras mentirosas e muita cachaça vagabunda.

Nossa musa, a musa da calcinha fugaz cor-de-rosa, já não se encontra mais no grande salão. Perdeu a pureza, o mistério, quem sabe a virgindade, ela que veio de tão longe, de uma cidadezinha onde a ingenuidade ainda é moeda de troca, onde um olhar vale uma jura de amor, onde um sorriso é consentimento; agora deve se encontrar constrangida, constrangidíssima, diante de um homem guloso para comê-la, devorá-la em sua fúria ansiosa, cheirando seu pescoço com o hálito de cachaça barata, proferindo palavras vãs e grosseiras, num quarto escuro de tanta fumaça. E ela, perplexa, tendo a absoluta certeza de que se inicia num mundo estranho, nunca antes concebido, sequer aventado nos idos de sua vida besta nos grotões de Goiás, mas que é preciso enfrentá-lo, transpor seus muros, seus abismos. Nesse momento, olhando para o céu, um teto sujo de um quarto fedorento, contemplando as estrelas, se as houvesse, em nada tropeçando, só lhe resta abrir as pernas e entregar-se, de olhos cerrados, com seus sentimentos estraçalhados, sem nenhuma possibilidade de ternura, entregar-se assim como quem morre...

Nostalgia das cavernas

Os homens chegam trazendo nas trouxas baratas a esperança de encontrar um eldorado, a terra prometida. Sonho antigo, que até hoje contamina as almas crédulas ou desesperadas. Encontram poeira, calor insuportável e uma disputa violenta pela terra. Desde que largou as árvores ou a caverna, o homem enfrenta, diuturnamente, o desafio da sobrevivência física. Nunca criamos um paraíso na Terra, e certamente jamais haverá; menos por incapacidade, senão pelas condições adversas, nada generosas, vide as migrações sucessivas de numerosos povos varando continentes, cruzando mares, em guerra permanente ao longo dos milênios.

E mais, exibimos uma curiosa contradição. E que parece insolúvel: o homem, diferentemente da abelha, não foi equipado com os instintos sociais ao nascer. Pelo contrário, revelamos nosso egocentrismo sem nenhum pudor. Se a fragilidade física — para falar apenas dela — mostra-nos a necessidade do compromisso social, do coletivo, os nossos impulsos íntimos nos propõem a ruptura desse acordo, a todo instante. Ah, contradição danada!

Esse conflito domina praticamente toda a história da aventura humana. Imaginemos o primeiro homem, recolhido no interior de sua caverna, paranoico, encurralado, cagando-se de medo, o rosto tenso e os olhos em pânico, fugindo dos lobos, tigres, doenças e tribos inimigas, sonhando com um mundo melhor para sua família, apostando que na próxima estação conseguiria mais alimentos. Sonho que perduraria até os dias atuais. Essa história de transformar o mundo é preocupação humana recente. O primeiro desafio desse herói foi vencer o espectro da fome permanente, acasalado com o medo. Sobrevivência física, medo e reprodução são nossos desafios desde o começo dos começos.

Schopenhauer dançou

Escrevo à mão, quando me vejo mais sereno, ou em minha valente Olivetti, companheira de guerra, quando o diabo da ansiedade pressiona, acomodado na casa generosa de um habitante da região. A estrada dista uns 60 metros de sua casa. De costas para ela, vejo o sol se despedindo, tornando douradas as árvores, os tetos das casas, o céu e finalmente as pessoas.

Rabisco essas notas numa casa de palafitas, comum nessas bandas, e o faço ocupando o espaço entre o assoalho e o piso de terra, o chão propriamente dito. Todos os meus bens se resumem numa Olivetti 22, que não sei até onde poderei continuar conduzindo, mochila, mudas de roupa, Machado, Cervantes, Montaigne e alguns outros de menor fôlego, talvez.

Um nativo ajudou a descobrir uma lojinha, no vilarejo, de produtos naturais. Compramos arroz integral, pão e óleo de copaíba. Este, dizem ser milagroso. Serve a massagens, dor de garganta, problemas intestinais, e trata-se de um definitivo cicatrizante. Quanto à cicatrização, já comprovamos. Para quem se diz entediado da vida e vive citando o maluco do Schopenhauer, trata-se de visível veadagem.

Estamos nos preparando para visitar uma ilha. É uma comunidade onde promovem festas, saúdam a colheita do milho ou celebram a existência das formigas, sem as quais não existiriam árvores, floresta. Fumam e bebem pantagruelicamente. Bebem chás de ervas que lançam os eleitos na estratosfera.

Acordamos cedo, o que para muitos é sinal de insanidade. Às 5 horas da manhã, chamo um companheiro e vamos nos banhar no rio da Menina das Pedras. Uma névoa cinza invade as picadas, e os nossos corpos abrem espaço, punhais imaginários, rasgando-a: há uma luminosidade, mas não há, ainda, raios de sol.

Somos marcianos. Há gente de todas as bibocas do país, embora um número maior de sulistas. É a reversão de uma diáspora que durante séculos dominou o país. Ela agora se processa do Sul e Sudeste para o Norte e Centro-Oeste. O samba do crioulo doido está tomando conta da formação social brasileira nas bandas amazônicas.

A casa que nos recebe é de madeira, semelhante, com boa vontade, ao *saloon* dos filmes de caubói. Quando uma jogada exige destemor no retângulo da sinuquinha, surge um ou outro chiste. Um senhor de uns 60 anos cospe no chão, saindo da boca uma pasta escura, gosma de fumo de rolo. O filho do velho, de nome Tigre, oferece-nos uma talagada de cachaça.

— Que tem aí dentro?

— Cachaça, quinado, tudo curtido com rabo de cobra.

Mergulho a boca no copo e bebo de uma só talagada. Tigre sorri, bate em minhas costas e os olhos piscam alegremente. Os chistes continuam. São 11 horas da noite e o amigo anfitrião, na casa de quem nos hospedamos, manda dois homens nos acompanharem. Faltam poucos dias para visitarmos a comunidade da ilha.

Pé na estrada...

Antes de a ubá atracar na ilha, um grupo nos esperava no precário porto do rio. Crianças, mulheres e homens. Realizavam a festa da colheita do milho. E, de tabela, homenageavam as formigas. Há quatro dias dançavam, cantavam, brincavam, comiam e bebiam. Uma festa que se estenderia por mais um dia, a partir de nossa visita.

No caminho nos é apresentado um cigarro, grande, com mais de 20 centímetros de comprimento. Na segunda tragada vi-me catapultado a outra galáxia. Um frio forte percorre meu corpo. O frio é tanto que pergunto se conseguirei tomar banho.

* * *

A produtora — Clara, o seu nome — carioca, residente no exterior, já se encontrava na ilha nos aguardando. Estudou na PUC, mas não concluiu o curso de História. Havia o Alfredo e um velho índio aculturado, que surgiu não sabemos como, senão misteriosamente. A verdade é que se foi introduzindo, e num dado momento já era parte insubstituível do grupo. No retorno da cachoeira foi-nos dito que poderíamos escolher entre o cigarro e a bebida.

Iaci é uma das moças do grupo, fala pouco, e nem por isso sua presença perde em intensidade. Por falar pouco, se servir homeopaticamente das palavras, há certo mistério em quase tudo que faz.

* * *

A bebida nos introduz numa viagem demorada. O primeiro copo me pareceu azedo, alguma coisa lembrando o aluá de abacaxi, bebida indígena. Já no segundo uma sensação de enjoo. Comecei a vomitar. As imagens, em minha cabeça, vão-se sucedendo; infância, adolescência, vida adulta. Agora monto numa jaguatirica. Estranho, porque o animal sempre foi pequeno! E como suporta essa velocidade, o meu peso?

Tento pedir que reduza um pouco sua velocidade, padeço de vertigem, já estou sufocado. Descubro-me nas barrancas de um rio, matando borboletas, assim como faziam os meus amiguinhos, amarrando sernambi — tiras de látex — no rabo de um gato e tocando fogo; e lá vai o gato, aos gritos, com o rabo incendiado.

Ah, e o encanto das enchentes, a inundação dos rios! As águas transbordando, os igarapés crescendo, e nós, meninos e meninas, aproveitando o momento mágico das trovoadas, as grandes trovoadas ameaçadoras da selva sem fim, os relâmpagos cortando o céu, escondendo as estrelas, partindo ao meio as árvores gigantes, para mergulhar nas águas, e com braçadas irresponsáveis enfrentar os deuses raivosos, as ondas se formando, tudo sob o calor da transgressão, já que, descobertos, a peia comeria firme, sem dó nem piedade. Na Amazônia, é preciso repetir, há um imenso oceano, um mar grandioso, sobre a cabeça de todos. As chuvas são apenas algumas torneiras vazando por leseira dos deuses.

* * *

A Loucura, protagonista de Erasmo, lembra-nos que os homens que se consagram à ciência — e a política é uma ciência — são em geral infelicíssimos, sobretudo com os filhos.

Suponho, acredita a Loucura, que isso resulte de uma preocupação da natureza, que dessa forma procura impedir que a peste da Sabedoria se espalhe em excesso entre os mortais. O filho de Cícero degenerou, e, quanto aos dois de Sócrates, mais se pareciam com a mãe do que com o pai. O que resultou serem ambos idiotas, segundo o testemunho da época.

Ainda não sabíamos claramente que quanto maior a expectativa, mais aterradora a decepção. A esperança sempre foi o remédio dos crédulos, a vitamina dos pobres, a caloria das almas no meio da tormenta.

Continuo com imenso enjoo. Tento dominar a jaguatirica e peço que não corra tanto. Semanas, meses, anos e décadas, tudo passando diante de meus olhos. Ah, caixinha de Pandora. Ah, indecifrável Machado. As maldades do mundo são infinitas. O diabo da montaria não me ouve. Agora vamos transpor um imenso cumaru tombado, e, aos berros, digo que não conseguiremos, vou me machucar, que não existe espaço para meu corpo passar sob a árvore, tenho certeza de que vou ser imprensado, e aos poucos o diabo da oncinha, já agora oncinha, vai reduzindo a corrida, quase trotando, desgrudando-me do seu corpo, tonteira não há mais, nem enjoo, e finalmente alguns galhos vão me retendo, me entrelaçando o corpo, e finalmente dou com o velho Bediai segurando o meu braço, carinhosamente, e indicando que devo ir falar com a Iaci. Levanto-me; estava sentado num banco de madeira reproduzindo um gato maracajá. Estranha ironia, penso. Tenho quase certeza de que desci de outro planeta.

Lá está o Alemão cercado de nativos. Eles o tocam, pesquisam o seu corpo, ele propõe trocar o artesanato local por seus produtos tecnológicos. Fica-me a imagem do escambo, iniciado pelos antepassados europeus desse alemão a partir do século XVI.

Cabral fez coisa parecida. Em nossa certidão de nascimento o Caminha registra os primeiros contatos da armada de Cabral em nosso país, e o faz babando de luxúria: "Ali andavam entre eles três ou quatro moças, bem moças e bem gentis, com cabelos muito pretos e compridos pelas espáduas, e suas vergonhas tão altas, tão cerradinhas e tão limpas..." Vergonhas foi o eufemismo para identificar a perseguida dos homens, as xotas desejadas e que eles só conheciam na escuridão das noites, em alcovas fechadas, e raramente exalando perfume em seus países de origem.

...Que os invasores chegaram!

Foi o sinal verde para todos os invasores saírem comendo a indiada. Cartinha sacana essa do Caminha. Levou três séculos para ser revelada — 1817 — e melhor que permanecesse ignorada; terminou como a nossa Certidão de Nascimento. Bem feito. O grave foi a sua interpretação. Imaginar que descobriram o Brasil é ignorar culturas somando milhões de pessoas. Várias vezes a população de Portugal.

Não é apenas a visão idílica, boboca, com missa e exibição de cruzes, pretensamente benévolas para a religiosidade dos povos aqui existentes, que nos deixam indignados. Tudo que é mostrado cheira a equívocos e idealizações. É como se os portugueses não fossem aqui reproduzir o que fizeram os espanhóis com os astecas e incas: matança generalizada. Genocídio. A historiografia oficial adora essa carta, e os intelectuais a celebram como a primeira grande reportagem produzida no Brasil. Babacas, esses caras-pálidas. Falar em descoberta equivale dizer que esses povos só passaram a existir à chegada dos europeus. É ignorar as expressões culturais: a arquitetura, a cestaria, a astronomia, as relações sociais existentes.

Partindo da informação de que não há registro de banhos, durante toda a travessia do Atlântico, e mesmo aqui chegando — Relação do Piloto Anônimo, cartas do Mestre João, fofocas do Américo Vespúcio e a carta de Caminha —, imaginem-se as relações sexuais desses europeus com as mulheres nativas, saudáveis e limpas. Não é hipótese ufanista atribuir aos portugueses a liderança nesse capítulo de aversão aos banhos no item das sacanagens generalizadas. Um horror. A armada de Cabral — 12 embarcações, uma se perdeu antes de aqui fundear — levou mais de um mês até a costa baiana, permaneceu dez dias entre nós, e durante todo esse período não há registro de um único banho entre seus tripulantes. Não esquecer que naus e caravelas eram uma verdadeira cloaca, principalmente nos porões, onde viajavam o baixo clero, a soldadesca, enfim, a arraia miúda. A indiada tomava banho o dia inteiro, e os europeus ficavam chocados, achavam tudo isso uma barbárie.

Não havia banheiros, as necessidades fisiológicas eram feitas no interior do convés, e como praticamente todos mareavam, imagine-se a sujeira existente, partilhada com baratas e ratos. As doenças contagiosas se multiplicavam. Na verdade essas doenças eliminaram muito mais as nações indígenas que a força, a religião, os costumes e a contundência das armas dos invasores. Entre tantos outros legados, devemos aos índios o saudável hábito da limpeza pessoal. Imaginemos, portanto, o desejo babado dessa gente diante das mulheres indígenas.

Colombo era um pateta redondo; não sabia o que descobrira, ignorava aonde tinha chegado, viu pessoas com dois rabos, projetou uma visão religiosa nas culturas existentes, e insistiu em tratar nossos ancestrais como se marajás fossem. Insistiu, enquanto viveu, ter descoberto a Índia, mais precisamente o Japão. Colombo era tão imbecil que Américo Vespúcio, astuciosamente, se apropriou do feito da descoberta da América. Não foi à toa que o continente recebeu o seu nome.

Volta ao presente

Iaci e Clara passam levemente as mãos em minhas costas e advertem:
— A viagem precisa seguir...
Bediai ouve sem se envolver. Iaci e Clara sorriem, levantam-se e deixam o grupo, agora já com a presença do Werther, engenheiro, profissão nunca exercida e que jamais lhe produziu orgulho. Uma ameaça paira sobre todos: o espectro da malária. Nos próximos dias deixaremos esse lugar; há novas localidades a serem filmadas.
Zé Messias e Bediai, nossos mateiros, terão papel importantíssimo nesta expedição. Há que tratá-los a pão de ló. Estamos hospedados numa fazenda, um desses projetos agropecuários financiados pelo governo, de propriedade de um empresário paulista. Dinheiro da população. Os incentivos fiscais. Eita país generoso.
O grosso da mão de obra é formado por índios nessa fazenda, do que sobrou. Chamados de índios, não escondem o constrangimento. Cabisbaixos, submetidos à rigidez do trabalho semiescravo, são apenas uma memória da cultura de ontem. Vestem roupas molambentas, são discriminados pela população local e o rosto de cada um é uma expressão de desencanto, talvez de morte. Monteiro Gomes, o proprietário, oferece bombons, certamente para nos impressionar, a dois índios.

— Antes eram selvagens. Agora não comem mais larvas e professam o cristianismo.

* * *

A BR-364 (Cuiabá-Porto Velho-Rio Branco) é a mais importante, a mais dramática de toda a região. O tráfego nunca cessa, de dia e de noite. Caminhões se cruzam, os faróis acesos, a poeirada pontificando. Estamos próximos a Pimenta Bueno, um desses lugarejos criados a partir da construção da estrada. Os botecos fervilham. Viajamos num caminhão Scania e o motorista é o Zé Messias. Desde que deixamos a fazenda ele bebe todos os dias. Lá vamos todos na boleia, vencendo buracos, poeira, com os faróis acesos, por medida de segurança. Zé Messias insiste que o Scania voa.

— Na próxima ladeira, piso no acelerador, até os 120 km/hora, e descemos na banguela. Aí é fé em Deus que o bichão voa.

O hálito de Zé Messias é de pura cachaça. O Alemão também tem bebido. O fotógrafo, Alfredo, alucinado, em todas as suas conversas inclui gente famosa. Ora esteve bebendo com Orson (Welles), noutra ocasião deu um esporro no Pelé, numa avenida de Nova York, porque se alienava da luta dos negros brasileiros. Todos falam, aos berros, Zé Messias dirige como se estivesse num Boeing, cheio de charme e orgulho. Um índio que nos pediu carona engrossa o caldo, passando uma garrafa de cachaça de mão em mão. A boleia torna-se pequena para tanta gente. O índio, de instante a instante, peida, e o faz de forma insuportável e estrepitosa. Todos tapam o nariz, abrimos às pressas os vidros, com a poeira invadindo, e logo explodimos em gargalhadas.

— Se ele continuar assim, vamos morrer intoxicados — garante Marcelo, o assistente da equipe de Werther. Marcelo frequentou a USP, onde estudou antropologia, embora não tenha terminado o curso. Ele informou que nunca concluiu nada em sua vida, exceto sua paixão pelas mulheres.

OS BÁRBAROS TAMBÉM CHORAM

ABRIL DE 1974

Há uma semana que o espectro do anofelino ronda o grupo. Tanto na ilha como na fazenda Sumaúma, vimos dezenas de pessoas com malária. Derruba e mata, com rapidez. Alfredo já revelou os primeiros sintomas: frio, febre forte, delírios durante a noite, uma terrível fotofobia, e depois tudo retorna à estaca zero. Como se nada tivesse acontecido. Haja quinino e sulfa! É evidente que o fígado começou a ser estraçalhado pelos óvulos do mosquito.

A febre é o primeiro sinal do trabalho corrosivo desses óvulos. Um dos momentos mais dolorosos da viagem — estamos no sinistro mês de agosto — foi a morte de uma criança indígena, Thambi, de seis anos. Durante quatro dias ele resistiu, e o exame de lâmina revelou tratar-se do tipo falsiparum. É o maligno. A malária depois evoluiu para uma hepatite, e seus olhos mostravam que a anemia tomara conta de seu corpinho. Dabê e Panzerepê, jovens, pais do pequeno Thambi, permaneceram à porta da enfermaria da fazenda durante os quatro dias da agonia terminal. Sentados, mudos, nada pediam, nada queriam, e ali ficariam, semanas e meses. Se não lhes levassem água e comida, certamente desmaiariam.

Thambi, de memória da vida, apenas os olhos esbugalhados, olhos que perguntavam, que tudo indagavam, que não obtinham nenhuma resposta, e o amarelão tomando conta de seu corpo. Era um indiozinho esperto, que nos mostrara o melhor local para nos banharmos no rio infestado de piranhas, que imitava dezenas de pássaros utilizando-se de simples folhas verdes, que nos trazia mangas deliciosas; sempre aparecia pela manhã, com um imenso sorriso, e logo não mais nos largava. Não falava uma palavra de português, e pouco ou quase nada sabíamos de sua língua, mas nossas trocas eram intensas. E assim vivíamos uma relação afetuosa. No começo parecia que resistiria, mas, quando a lâmina revelou que fora picado por um falsiparum, ficara difícil a resistência de seu pequeno corpinho.

Dabê, seu pai, fora tomar banho conosco, preparando-se para viajar com ele, num avião da Funai. Em Presidente Médici, a cidade mais próxima, teria condições de sobreviver, já que os recursos eram maiores. Meia hora antes de o aviãozinho pousar Thambi morria, sob o pranto das mulheres indígenas. Às 9 horas da manhã de um dia qualquer.

Vimos então Dabê e Panzerepê recolherem seu corpinho. Dabê o segurou com os braços, fortemente, num misto de força e despedida. Lá ficamos vendo os dois, sob um sol de 39 graus, cruel, retornando à casa após uma vigília de quatro dias e quatro noites, e na retina da memória um contraluz: os dois se apoiando, parecia que iam tombar, não resistiriam à dor de perda tão grande. Não é natural os pais enterrarem um filho. É dor dobrada, multiplicada. É dor equivalente à perda de um amigo, de que nos fala Dante em seu Inferno.

Passos combalidos, chorando, sem nada dizer, Dabê e Panzerepê pisavam o chão de uma terra que no passado fora sua, já não era mais, e horas depois abririam uma cova, onde enterraram o corpo do filho, que já não lhes pertencia. Na curva de um rio sem nome, no território de um povo invisível...

Civilização é blefe...

Alfredo é o rei da cascata. À noite, as redes atadas, acompanhado de sua inseparável cuia de bebida, põe-se a narrar os feitos de sua vida, que aqui, perante essa caboclada, assume dimensões aventurosas.

— Uma vez, num bar em São Paulo, tomava Wiborowa e eis que aparece Plínio Marcos com uma loura. Já veio cagando regra, denunciando a perseguição cultural e essas coisas de gente exibida. Bar grã-fino, apinhado de gente; dei-lhe um baita esporro: "Ô meu, você fala mal da burguesia, mas onde ganha o seu pão? Que locais frequenta?" E olhando nos olhos da loura, disse mais: "E as mulheres que come? São, por acaso, operárias?"

— Noutra ocasião o garçom traz um Chivas e diz estar pago. Pergunto a quem devia a gentileza, e eis que me aponta nada mais, nada menos que o Jânio. Sofria o mais eloquente ostracismo imposto pelos militares. Aliás, não gosto de conversar com ele quando entorna. Fica insuportável... E acho o Chivas reacionário demais pro meu gosto...

Dentro da rede, fico pensando. Como o mundo é louco! Os caboclos que ouvem o Alfredo não sabem e certamente nunca ouviram falar de Plínio Marcos, Chivas, burguesia parasitária e, quem sabe, de Jânio Quadros, insulados pela ignorância, selva, malária e tudo o mais. E agora ouviam, deslumbrados, as bravatas do Alfredo. Perguntam, indagam, ficam maravilhados. Ele é, sem favor algum, o herói dessa gente, o oráculo, com seus feitos maravilhosos, suas lindas mulheres.

— Glauber? Fez uns filmes despirocados, os intelectuais juram que é a continuação melhorada de Buñuel. Trata-se de um porra-louca, fuma maconha demais, não tarda termina pirado.

— Ele fuma maconha, você bebe cachaça e peida feito uma jumenta velha.

Marcelo, que simulava estar dormindo, foi apoiado por Werther e Clara. Iaci e Bediai dormiam numa pensão miserável, depois de longa ausência. A equipe filmava um misto de documentário e ficção para a TV alemã. Iaci gostara do grupo e decidira a ele se unir "enquanto fosse interessante". Bediai, o sereno, estava ali, "partilhando de mais um acontecimento da vida". Tivemos a sabedoria de contratá-lo como guia.

— Por que não falo das vivências amorosas? — pergunta Alfredo, com sua ladainha. — Porque atrás de um homem nas grades, ou falido, há sempre uma mulher que exagerou nas compras!

A macharada, às gargalhadas, entra em orgasmo.

...Mas não deixa de avançar!

Nestes anos 1970 as pessoas cruzam a Amazônia — diferentes países e centenas de cidades — de ponta a ponta. São os filhos da classe média, os filhos de uma minoria burguesa, os desempregados, índios, párias, lúmpens, transgressores, desencantados, desencanados, revolucionários, amantes da selva, curtidores, bandidos, foragidos da Justiça, desbundados, todos buscando respostas.

Iaci é parte desse movimento, dessa diáspora. Guevara, antes de se embrenhar na selva boliviana, onde terminaria fuzilado, teria perambulado na área. É a lenda. Muitos o viram por aqui, dizem. Há quem garanta que alugou um barco em Benjamin Constant, no Amazonas, na divisa entre Brasil, Peru e Colômbia. E a lenda multiplica histórias envolvendo a versão latino-americana do Cristo de todos os movimentos guerrilheiros do século XX. Até quando, ninguém sabe.

Mãe é sagrada

Encontramo-nos traumatizados. Escrevo à noite, à luz de lamparinas. A caboclada está deslumbrada com a minha Olivetti portátil. Uma revolução. Uma coisa do outro mundo! Uma máquina sem precedentes! Chegam a incomodar de tanta curiosidade. Uma sensação de desconforto e angústia nos invade. Almoçávamos num boteco às margens da BR-364 quando começamos a acompanhar uma discussão. Um grupo de forasteiros bebia numa mesa próxima. Um deles chegou a mexer com Clara, que amavelmente o desarmou. O tipo pediu desculpas, afastou-se sorrindo amarelo e retornou à mesa de origem. Tirou do bolso uma carteira de notas e disse para seus pares:

— Vou mostrar a mulher mais linda do mundo.

Um retratinho 3x4, dentro de uma carteira de couro, passou de mão em mão. Bebiam cerveja com cachaça.

— É minha mãe! — disse enternecido.

Um dos homens do grupo pega a foto, examina, faz uma cara azeda, olha displicentemente em direção a Clara e diz corajosamente:

— Santeiro, vou ser sincero com o amigo. Eita mulherzinha feia feito o Diabo! — Entreolham-se.

— Zé, com mãe não se brinca. Eu ou você, seu filho da puta!

No início parecia uma encenação, uma brincadeira de pessoas exibidas. Não era. Vemos os dois se peitarem, aos socos e pontapés, diante de uma gente inteiramente neutra e imobilizada. Rolam pelo chão, as roupas se rasgam, garrafas e copos ao se quebrarem produzem a geografia do caos. Werther revela nervosismo, Iaci diz para não nos metermos, Alfredo corre e se esconde no banheiro, logo após dois estampidos de tiro e, finalmente, Bediai pede que saiamos de perto.

Não me move nenhuma vontade de narrar uma violência estúpida, uma corrida de touros, ou tourada, por exemplo, até porque Rebelo da Silva já o fez como ninguém. E mestre Bandeira nunca fez segredo dessa descrição. Uma corrida de touros para ser grandiosa, alucinante, há que ter os touros de apurada raça. Quando o touro é feroz, assassino, os capinhas resguardam-se e os cavalos montados se aplicam na tarefa de enfurecê-lo mais ainda; cumprida a tarefa, resfolegam com dificuldade, denunciando o quanto é capaz o animal que reina enfurecido no centro da arena.

Há sempre, e esse ritual não pode ser negligenciado, uma doce dama, de cor alva, alvíssima, quase etérea, num camarote luxuoso, que lança uma rosa, dirigida ao valente toureiro, cuja missão no centro da arena é abater, matar, eliminar o touro bola da vez.

Há quem diga que a tourada reproduz a vida, repete a tragédia da existência humana. O toureiro, mais que ninguém, conhece a dimensão simbólica desse gesto, desse colo que se debruça, dessas mãos alvas que lhe lançam rosas. A partir desse instante o perigo se banaliza, a vida torna-se um fugaz momento, e ele, o toureiro, despreza a ambos.

Zé Arigó saca de um punhal e fura a cintura e o peito de Santeiro, um cafuzo forte, imenso, barba preta cobrindo-lhe o rosto, e os cabelos grandes caindo em torno dos ombros. Apesar de furado, esfaqueado, Santeiro leva vantagem; apanha um porrete, com pouco mais de 60 centímetros, e aí a situação fica visivelmente a seu favor.

Se há tragédia — e tragédia é o toureiro ser alcançado pelas armas do animal enfurecido — a dama das rosas vermelhas, a moça linda e etérea do camarote dos contos de fada, precisa desmaiar, melhor dizendo, tem que desmaiar. Até porque a morte do toureiro não é uma cena simples, onde qualquer Pilatos pode lavar as mãos. Ao touro não basta acertar suas armas no corpo do toureiro, num golpe mortal. Enfurecido, agredido, com os tímpanos estourando pelos gritos da multidão que ocupa o estádio, sem nada entender senão que se encontra no centro de seu inferno, do seu calvário, ele vai mais longe, não raro atirando suas patas no peito da vítima.

Numa primeira investida, Santeiro parte o braço, com uma porrada violenta e fatal, de Zé Arigó, que segura agora o punhal com a mão esquerda. Estamos a uma distância de 4 a 6 metros da luta. Uma sensação de impotência e revolta.

Vemos, então, Santeiro alcançar a cabeça de Zé Arigó; ele fica meio grogue, cospe sangue, e um novo golpe volta a atingir sua cabeça; tenta correr, tomba, leva mais uma cacetada, levanta-se com a morte nos olhos, no rosto todo, uma expressão de clemência, e não resiste mais: termina aos tropeços, tombando aqui e ali, apoiando-se no nada; os olhos já não veem, as pernas sem comando, as imagens embaralhadas, sentir já não consegue, caindo definitivamente.

Zé Arigó tombou numa arena fedorenta, cheirando a mijo, um boteco de beira de estrada dessa BR maldita, sem nenhuma dama diáfana lhe lançando flores. Morreu em convulsões, derramando sangue pelas narinas e boca, feito um touro abatido por um matador impiedoso. Morreu como viveu, anonimamente, feito formiga, igualzinho a milhares de outras formigas que se perdem nas estradas, nas árvores, folhas e rios de uma Amazônia em transição. E morreu por ter pisado na bola.

A MORTE E O SILÊNCIO

AGOSTO DE 1974

Há dois dias não nos falamos, praticamente. São mínimas as cumplicidades. Alfredo não largou a bebida nem tampouco abandonou seus delírios de grandeza, e por onde passa deixa um rastro de admiração e encanto. Eventualmente troco palavras com Clara e Iaci, o suficiente para provar que estamos juntos. Werther e Marcelo conferem informações profissionais sobre umidade, fungo nas lentes, atenção na condução dos equipamentos. A morte de Zé Arigó deixou marcas profundas.

Estamos há 58 horas e 26 minutos dentro de um ônibus, numa velocidade nunca superior a 40 km, tantos são os buracos e a poeira dominantes. Nada havendo de novo, só nos resta contar as horas, medir o tempo. Decidimos pernoitar num vilarejo sem nome, na beira da estrada. Soubemos que a uns 5 km da casa onde nos hospedamos há um trecho do rio em que se pode nadar sem o risco de piranha ou ferrão de arraia. Piranha e arraia são o terror. O resultado: pessoas sem dedos, comidos pela piranha, ou aleijadas nos tornozelos pelo ferrão das arraias.

Após exaustiva viagem, eis-nos numa casa com novo humor. Voltamos a nos cumprimentar, Bediai sorriu, brincou com Werther, dizendo que uma tribo próxima adora carne de alemão: "É docinha, e por comer linguiça fica melhor. Os Cabeça-Seca, uma tribo feroz, adoram carne de *yara*". Alemão não gosta da brincadeira, tudo aqui lhe é estranho. Até onde estão gracejando? Mas ele é inteligente. Sabe que o grupo está se amansando, e que qualquer brincadeira, por mais incômoda, é sempre uma tentativa, uma intenção. Decidimos alugar um velho jipe americano, da Segunda Guerra, todo sucateado, e fomos tomar banho no rio. A situação é de reencontro. É como se velhos amigos, após anos sem se verem, se tocassem ruidosamente. Há um pequeno boteco, à margem do balneário, vamos chamá-lo assim, e uma mulher barriguda. Há também uma sinuca, um simulacro de bar, onde se vende cerveja quente e Coca-Cola choca.

O grupo não consegue ir além da segunda garrafa de cerveja quente. A Coca-Cola, devido ao patrulhamento, sequer foi pedida. Há, em torno de nós, a mulher barriguda, um menino e uma menina, de três e quatro anos, respectivamente, e mais um cachorro e um gato. Nadamos, fizemos competição de mergulho. Bediai ganhou todas.

Enquanto isso, a mulher barriguda, seus dois filhos, o gato e o cachorro brincavam, corriam, estranhavam-se, firmando uma algazarra deliciosa. Há mais de três meses não aparecia viva alma, nos revelou ela, por "estas bandas".

— E o marido?

— Foi comprar Coca-Cola.

— Quando, mulher de Deus? A gente tá aqui desde cedo e nada do homem!

— Foi há quatro dias. Disse: "Lu, vou no povoado pegar Coca, e volto já". Não é que ficou por lá?

— ?...

— Filho da puta — diz secamente o Alemão.

O dia está escurecendo. Clara e Iaci estão lindas. Todos as desejam. Temo que o eleito das duas, senão de uma, seja Marcelo. O Alemão é muito inchadão, resultado de anos de linguiça em sua vida. Alfredo alucina demais. Bediai está noutra. Restam Marcelo e eu. Não sei se, por paranoia, temo ser descartado no primeiro escrutínio.

Bediai me alertou que a continuidade da malária termina nos deixando brochas. O que me preocupa é essa imobilidade, essa falta de energia, esse mau humor. Dentro do jipe, pagas as despesas da sinuca e da cerveja, nos despedimos. Alfredo, querendo cumplicidade, censura o marido que não voltou.

— Que nada, moço, é porque não conheceram o meu homem. Quando voltar vem cheio de prosa, com balas pras crianças e um sorriso danado!

Puta não é família

O grupo encontra-se instalado, há dois dias, num lugarejo chamado Onça Preta, sede de um seringal. Zé Messias precisou rever a família, deixou-nos por alguns dias, mas seu retorno pode ocorrer a qualquer momento. Bediai garante que "a família" de Zé Messias não passa de uma puta que ele sustenta em Presidente Médici.

À nossa chegada em Onça Preta ocorreu um fato desconcertante e escatológico. Há cinco meses o grupo encontra-se viajando, sempre junto, com exceção das escapadas do Zé Messias, que tem autonomia de voo. Há um cachorro, Brisa, que nos acompanha nos últimos dois meses. Vira-lata vagabundo — entre tantos que ocupam vilas, estradas — foi-se chegando, buscando se enturmar, levou uns primeiros chutes, constantes esporros, mas terminou incorporado ao grupo. Incomoda, mas não dá trabalho, tampouco opina. O que não é pouco. Trata-se de louvável credencial. Pode mais tarde ajudar na caça, tem sido extremamente útil no que toca à segurança geral, afora ter se mostrado um grande companheiro, cuja fidelidade ninguém duvida. Tratando-se de cachorro não é novidade nenhuma.

Sexualmente estamos na lona. Cinco homens e duas mulheres. Têm surgido interesses na teia dessas relações pessoais. Mas há consenso de que o mais importante é estarmos juntos.

Mal invadimos a clareira da Onça Preta encontramos a população em festa. Matava-se um porco. Estavam ouriçados, participando do festim que se anunciava. O animal devia ter entre 25 e 30 quilos, um pequeno leitão, portanto; fora ensebado para tornar mais difícil a captura, ensebado com jeito, e logo solto na clareira da sede do seringal. Depois seria disputado pelo gerente, empregados, seringueiros, mateiros, peões, homens e mulheres — enfim, por todos os sádicos — e ainda tendo no encalço os cachorros. Amarrado, é conduzido, sob grande alvoroço, ao centro da clareira, já cansado. Pressentindo que vai morrer, grunhindo, gritando, é solto, e inicia-se a captura coletiva. Nos primeiros 15, 20 minutos a algazarra é geral e espalhafatosa.

Corre para cá, para lá, um segura nas pernas, escapa, outro pela orelha e leva uma dentada, que rasga a mão esquerda; uma moça ganha uma patada na coxa, deixando-a roxa e sangrando; todos gritam, berram, os cães latem furiosamente, mantendo uma distância cautelosa. Vêm os primeiros socorros, uma garrafa de cachaça é servida no gargalo aos homens, algumas mulheres partilham, mas bebem em cuia, e lá se vai o porco, cansado, aos trancos e barrancos, sob a alegria geral.

A VIOLÊNCIA AGREGA

Um velho aleijado é o mais agressivo. Falta-lhe uma perna, substituída por muleta, com a qual ele bate, sempre que pode, violentamente no lombo ou na cabeça do animal. Uma velha desdentada orienta, dá força a todos, pede que não esmoreçam, enquanto afia uma peixeira, com a qual sangrará a vítima. Uma criança, de 9, 10 anos se tanto, segura uma panela para recolher o sangue após a paulada na cabeça e a sangria na carótida.

— Vamos comer chouriço, vamos comer chouriço — repete esganiçadamente uma mulher de meia-idade, vestida de preto, exibindo, do que sobrou, os últimos cacos de dentes podres e repelentes.

Brisa participa desse alvoroço, no que é estimulado por Alfredo, Marcelo e Bediai. Clara sorri e Iaci acha tudo aquilo "uma festa sádica, um exagero".

Meia hora depois, quem sabe, o porco continua perseguido, sob um calor dos infernos. Debaixo de uma castanheira o Alemão filma as passagens mais movimentadas. De boca aberta, exausto, suando pelo corpo todo, vai cedendo a uma evidência: seus minutos estão contados. É a bola 7 de uma partida de sinuca que chegou ao fim. Pressente que vai morrer, a morte está intuída em seus olhos, em seu pânico. Às vezes para, ameaça atacar, cai, levanta-se e volta a correr. A gritaria histérica prossegue, alguns homens estão sem camisas, suados, a cachaça é servida com fatias de caju, distribuídas por mãos sujas. Alemão revela um olhar de perplexidade, Alfredo mostra uma contagiante euforia, e o vira-lata Brisa, nestes minutos finais, vai-se revelando o mais agressivo, cruel, impiedoso, o que melhor disputa a primazia de desfechar o golpe fatal.

Entre os perseguidores, o Aleijado, na ala dos homens, é o mais estropiado. Dominado pela euforia da violência generalizada, seus olhos estão arretados e uma das muletas trincada. Não só bate como grita, atiça, pressiona, berra histérico, e de sua boca vão saindo palavras de ordem: pega, agarra, esfola, mata, chuta...

O porquinho estafado, machucado, fôlego não há mais, recosta-se numa cerca de arame farpado. Busca uma guarida impossível. Ao afogado não cabe indagar quem lhe estende o cabo da vassoura. Seus olhos sumiram, suas orelhas sangram, o rabo está decepado, e tenta, meio sem força, ameaçar Brisa, que compreende poder avançar. Impunemente. Uma multidão começa a cercar o animal; velhos, mulheres, crianças, os homens com o dorso despido.

A faca está afiada e uma bacia de alumínio, que recolherá o sangue, reflete os raios implacáveis do sol do meio-dia. Brisa segura agora o animal pela orelha, fustiga-o diversas vezes. A perseguição o imobilizou, a energia do porquinho fragmentou-se tanto que reagir, atacar, não é mais possível. O cão, triunfalmente, diante do olhar de todos, dos homens sem camisa e suarentos, das moças agitadas e das mulheres histéricas, monta em cima do porco, de sua vítima. Monta, arrebatado de luxúria e violência, morde-o no pescoço, no que restou de orelhas, e penetra, ou tenta. Cochichos e risos são trocados. Brisa é afastado sob os protestos de alguns bêbados, e a primeira paulada sobre o porquinho fez-se ouvir. Ouvimos um grunhido mórbido, ele começa a ser sangrado.

A CASCATA É AFRODISÍACA...

— Sabe qual é a pessoa mais interessante aqui? — pergunta Iaci. — Alfredo. Adoro suas mentirinhas. São as melhores coisas desta viagem...

Pode-se presumir que no detalhe encontramos a verdade. Ou melhor, o diabo se esconde nas dobras invisíveis do detalhe. Apesar da frivolidade, ou por isso mesmo, o Alfredo começa a ter audiência junto às mulheres. É esperar para ver. Há ainda um agravante: nós, os homens, somos seduzidos pelos olhos; as mulheres, pelos ouvidos, pelo discurso; aqueles, pelas formas. Esta, talvez, a única diferença entre homem e mulher. O resto é falácia.

— É melhor ser amado que temido, ou o inverso? — indaga o Alfredo. Está com a corda toda.

— Quem não quer ser amado? E, no entanto, é mais seguro ser temido. Se Kant assassinou Deus, crime mais hediondo que todos os campos de concentração nazistas, Maquiavel antes, muito antes, já havia sepultado o amor, o desprendimento, a entrega incondicional.

Alfredo está eufórico, ganhou uma garrafa de cachaça. As façanhas retornam. Vai chover dentro da alta fantasia. Vive firmando alianças, em diferentes áreas. Percebo que as mulheres o tratam com a maior disponibilidade. Daí para o desejo basta apenas um empurrão. O desejo já se encontra incubado. Toda troca amorosa pressupõe disponibilidade e desejo. Vezes há em que temos disponibilidade, mas falta-nos o desejo. Outras vezes há o desejo mas não nos encontramos disponíveis.

— Não será surpresa se abrirem a guarda — especula Marcelo.

Alfredo não é nenhum garotão, o que lhe enriquece o encanto. As suas histórias são o astral da expedição. Não perco nenhum de seus feitos, principalmente quando ele viaja. O cheiro de enxofre está no ar.

...E pode ser vitoriosa!

Logo, logo iremos encontrar o imbatível Zé Messias, a essa altura nos braços da amada, sob intenso delírio cósmico das folhas. Bediai, desde que chegamos à base afetiva de Zé Messias, tem se revelado alheio. Já o Zé se encontra como o bom Diabo gosta: cachaça todos os dias, folhas pelo menos uma vez por semana, e finalmente, como companheira de viagem, a doce Luzia, de cabelos negros encaracolados.

— Sexta-feira passada tomei um trem em Istambul e percorri o Oriente Médio. Que gente estranha! Pena não falar a língua deles.

É visível que Zé Messias está na etapa superior da *viagem*. A bebida tem essa propriedade: catapulta quem a toma para outros continentes, outros países, resgata episódios apagados, nos projeta em situações ainda por vir. Pelo menos é o que se diz.

Clara pede que o deixemos em paz, Alemão tem procurado ajudá-lo com brincadeiras inconsequentes e Marcelo está convencido de que deve escrever um livro, mostrar o delírio da região, a destruição dos anos 1970. Iaci, com habilidade, mostra a inoportunidade desse projeto.

— Como se chamava a sua gente?

— *Waurari*, mas sobrou muito pouco. Perdi contato, mas o meu povo praticamente acabou.

Alemão fica receoso de prosseguir. Iaci diz baixinho que pode continuar.

— É bom, ajuda-o a jogar fora sua tristeza.

— Éramos uns trezentos índios. Em menos de dez anos acabamos. Várias coisas ajudaram: cachaça, açúcar e religião. Os sertanistas não eram religiosos, mas os guias índios, sim. Então eles aprenderam nossa língua, e os sertanistas não. A aldeia virou evangélica, passou a usar roupas. Pecado andar nu, pecado ter mais de uma mulher, pecado não rezar, e os dentes começam a apodrecer.

— Será que você ficou brocha de tanto comer açúcar? — indaga Alfredo.

— Ele ficou brocha desde o dia em que comeu a mãe do Alfredo — retalia Marcelo.

— Eu não tô brocha. Tô triste; perdi mulher, a terceira, há pouco tempo. A tristeza é doença que mata igual sarampo.

— Quer dizer — pergunta Werther — que antes da Funai chegam as missões religiosas?

— Muitas vezes. Após o primeiro contato, a aldeia vai conhecer o que vocês têm de pior: caminhoneiros, garimpeiros, caçadores, madeireiros e assim por diante. É uma gente bem pior que vocês. — E emite um riso discreto.

— Um irmão meu foi morto por posseiros gaúchos. Chamava-se *Oreia*. Com a invasão da BR-364, ele visitava os vilarejos que foram aparecendo. Um dia chegou à aldeia com uma moça loura, bonita. *Mamaé* (espírito da selva) falou: "*Oreia*, essa *cunhã* vai te fazer mal. Foge dela". *Oreia* não quis ouvir *Mamaé*.

— Embeiçado não ouve os deuses. Nem entre nós, nem entre os índios — afirma Zé Messias.

— Durante dois anos ficaram amigados. Um dia a família veio atrás dela. Ela não queria, mas teve que ir. *Oreia* ficou muito triste. Um dia foi até a estrada procurar a *cunhã* e, não a encontrando, matou a família dela. *Mamaé* voltou a conversar com *Oreia*. Fez-se de *Anhaô* (espírito em forma de pássaro) e lembrou seu aviso. *Oreia* chorou muito, muito, e disse a *Anhaô* que a vida não tinha mais graça. Naquela mesma lua o restante da família da *cunhã* branca matou *Oreia*. Ele morreu a facadas. Não satisfeitos, castraram ele ainda vivo.

— Como reagiu a aldeia?

— Voltamos a matar mais parentes da moça. E essa matança continuou, continuou, até o dia em que desisti.

— Foste pajé?

— Sou. Uma vez bebi uma quantidade enorme de *makaloba*. Dormi. Sonhei. *Mamaé* me procurou e disse: "Vou fazer de ti um grande pajé. O maior pajé vivo". Deu-me um cigarro enorme para fumar. Fumei, fumei, fumei muito. Comecei a ficar inquieto, já que *Mamaé* pediu que engolisse a fumaça. Ele disse: "Fique calmo, tu vai dormir muito". Tirou então um gafanhoto da boca e colocou na minha. Tirou uma formiga imensa dos olhos e colocou nos meus. Enfiou no meu nariz um imenso calango. Meteu no meu ouvido uma cobra de duas cabeças. Fiquei 25 dias dormindo.

O SILÊNCIO É ABSOLUTO

— Quando acordei tinha virado pajé. O maior de todo o vale do rio. Fiquei orgulhoso! Depois descobri que, no dia que errasse, em que não curasse uma doença, morreria. Tinha que ser pajé muito forte, causar muito medo pra toda a aldeia. A morte não amedronta tanto o índio. O pajé pode salvar mas não pode impedir sua própria morte. E com a morte vem a paz. O outro mundo.

— O poder não presta, e quem o exerce sempre termina mal — pontifica Alfredo, ultimamente na melhor das graças de Clara e Iaci. Tudo o que ele diz tem retorno generoso. É como se as duas estivessem — e estão — receptivas ao seu discurso, de tal forma que as palavras nada mais são que pontes viabilizando encontros. Continua o cheiro de enxofre.

— Ninguém se interessa pela história do Zé Messias. Já foi seringueiro, garimpeiro, caçador de peles, e agora é meeiro, sertanista.

— E jagunço — ele completa — durante anos, sim senhor. Só expulsava os posseiros. Era uma dor miserável, mas tinha que fazer. Ganhava pra isso, ora bolas...

— O que aprendeu? — pergunta Clara.

— Que o fodido se vende fácil. Tá todo mundo no sufoco, e nheco, vira pro lado do patrão. Não é que a gente não saiba. Sabe, mas faz de conta que não sabe.

TIGRE APARECE

SETEMBRO DE 1974

Tigre, o filho do dono da sinuca da BR-364, apareceu no povoado onde estamos hospedados. Ficou feliz em nos rever. Apresentou logo uma garrafa de cachaça, aceita sem resistências. Durante a permanência, mostrou-se estranho. Veio com uma conversa de que "a força não vai permanecer muito tempo", e que "na mata as armas convencionais não são decisivas. Há outras mais arretadas".

Sumiu sem se despedir.

* * *

Estivemos num supermercado da rodovia. Compramos sabão de coco, uma faca de cozinha, e vimos duas índias da extinta tribo Waurari no interior da loja. Combinamos não revelar ao Bediai. Roupas estampadas, sapatos altos, minissaias e lábios fortemente pintados. Compravam frango congelado, espelhinhos e refrigerantes, vendidos em sacos plásticos. A mais jovem já não tinha alguns dentes da frente. É visível a curiosidade que despertam. É evidente que as tratam como prostitutas. É inevitável a caminhada nessa direção. Iaci ficou pouco à vontade. O supermercado cheio de gente, a poeira invadindo tudo, as duas índias atropelando a nossa língua, os homens cercando-as feito aves de rapina, oferecendo "brindes", cheios de prosa, igualzinho a urubu diante da carniça descoberta. Ao contemplá-las, emerge um sentimento alheio, distante, absurdo. Um sentimento de náusea pelo que lhes fizemos, todos nós.

※ ※ ※

No vilarejo onde se encontra Zé e Luzia, o tédio, sempre ele, vai tomando conta do grupo. Já não sabemos em que dia do mês nem da semana estamos. O Alfredo comenta que há meses não vê o rosto num espelho. O Marcelo diz ser "extremamente saudável ficarmos sem o narcisismo da contemplação".

— O que acho interessante no Alfredo — diz alegremente Iaci — é que ele equilibra gandaia geral, mentirinhas e utopia alucinada.

A conversa corria animada, passava das cinco da tarde quando um rapaz apareceu meio descontrolado na casa onde nos hospedávamos:

— Gente de Deus, na ponte há dois homens mortos. Briga por terras.

Nos olhamos e Zé Messias se posiciona:

— Se fosse ver todo morto que aparece não teria nem tempo de trepar.

Zé está ingerindo doses a mais. Seus olhos estão semimortos, mas vezes há em que parece tomado pelo demônio. Nessas ocasiões se recolhe, busca a beira do rio, ou então adentra pelo mato, permanecendo fora do grupo. Ainda essa semana assim agiu, e durante dois dias dormiu sozinho no interior da mata. Zé se levanta, bebe mais um copo e diz que quer contar uma história.

— Meu pai morreu quando eu tinha seis anos. Se encontrasse ele, hoje, o reconheceria pela voz, pelo cheiro, sorriso. Ele tinha mania de me pôr no seu pescoço, no tum-tum. Ficava tocando os caracóis dos cabelos dele, fazendo carinho em suas orelhas. Pois bem, ele morreu flechado por um índio.

Bediai fuma suavemente um cigarro de palha. Ou melhor, suas folhas mágicas. Seus olhos estão vermelhos. O único sinal de que algo mexera com ele, que a revelação de Zé Messias era inesperada, foram os músculos que circundam sua boca. Mexeram-se rapidamente e logo depois retomaram a lisura anterior.

— Se foi flechado é porque pagou a culpa de alguém, senão dele mesmo. O que posso dizer é que sobrevivi. Bem, os anos se passaram.

Alfredo levanta-se, pede tempo e diz:

— Essa informação de que morreu flechado criou um mal-estar. Se o Bediai for contar o extermínio de sua gente, isso aqui vira muro das lamentações. Você perdeu o pai, mas o Bediai perdeu o povo todo.

— Égua! Calma, pessoal — interveio Zé Messias, sorrindo candidamente. — Bediai e eu estamos bem e vocês é que complicam? Pois bem, tive uma filha. E já graúdo voltei a ter o mesmo sentimento de menino. Quando vi aquele pedacinho de gente crescendo, voltei a viver o mesmo medo. Se lhe fizessem mal... Bom. Mas um dia ela morreu. De malária, com quatro aninhos de vida. Durante uns dois anos mergulhei na cachaça.

— Aliás, não largou até hoje — lembra o Marcelo.

Um novo silêncio e Luzia o socorre:

— O mais estranho é que o irmão do Zé, anos mais tarde, quando nasceu o primeiro filho, não aguentou. Durante a gravidez foi ficando esquisito. A mulher não entendeu nada. Primeiro, não queria que a criança nascesse. Fez tudo para a mulher abortar.

— Amiraldo — esse o nome do irmão do Zé Messias — foi amofinando, deu pra chorar, entrou numa de tomar leite que só vendo!... A gente escondia, não queria que a vizinhança soubesse. Um homenzarrão bom de trabalho, valente como ele só, sem conseguir desgrudar da saia da mulher? A pobre coitada não podia nem ir ao mato defecar, que lá ficava ele reclamando que voltasse logo.

— Já no final da gravidez passou a urinar na rede. Aí foi demais! Bebia leite em excesso e ainda mijava na rede!... Ficou abestado...

Luzia respira, olha nos olhos do companheiro e prossegue:

— No dia em que a companheira teve as primeiras dores, Amiraldo mostra-se alegre, vai até a rede e diz: "Mulher, preciso ir até o povoado. Volto logo".

— Amiraldo, a criança tá nascendo...

— Calma. A palmada na bundinha quem vai dar sou eu.

— Nasce uma menina, contrariando o que se imaginava. Em vez de ir ao povoado, ele foi à beira do rio e desfechou um tiro de espingarda calibre 16 no ouvido. Quando foi encontrado, havia miolos a três metros do corpo.

Iaci se retira lentamente e inicia mais uma vez a interpretação de sua peça sinfônica, que só ela sabe assobiar.

A revolução chega

Um bimotor conduziu-nos, sem a Iaci e o Zé Messias, até o vale do rio Madeira. Os dois ficaram em terra firme. Zé por não desejar — e deve ter lá suas razões — afastar-se de Luzia e Iaci por motivos não revelados. Estaria buscando algum contato com o Tigre. Mais um mistério.

Descemos numa pista de pouso, construída por índios aculturados de uma aldeia próxima, e um barco, uma pequena canoa com motor de popa, nos aguardava. A possibilidade de viajar pelos rios criou uma expectativa alvissareira, já que estamos saturados de poeira, barulho de Scania, motosserra, sinucas, botecos, e do clima maldito, permanentemente maldito, das rodovias amazônicas.

* * *

Já é longa a convivência. Quem, no futuro, sem ter o que fazer, venha a ler este diário, só vai encontrar rabugices. Ele se debruça sobre um mundo tecido com as linhas da paciência, do insulamento, da violência, da adversidade, mas nunca banal e repetitivo.

Não esquecer que é um diário incapaz de ganhar qualquer leitor pela contundência das ações. Estas são insignificantes, quase nulas. Sutis, são fragmentos leves como o movimento de uma pena que se desgarra das asas de uma garça. As revelações pretensiosamente intimistas. Vale o que não está dito, senão insinuado. Ah, se esse diário tivesse o dedo mindinho da prosa de um Montaigne, seus ziguezagues, suas idas e vindas e, principalmente, a profundidade de suas reflexões! Mas não tem, o que não deixa de ser uma miséria.

Não chega a ser pecado pressupor que o sentimentalismo, os superlativos, inoculando as personagens com derramamentos, padecem da falta de verossimilhança, sendo, não raro, ingênuos e piegas. Pode ser verdade. Certamente é verdade. Agora, não se esqueça de uma coisa: essa é uma história com pessoas de carne e osso, numa empreitada sem nenhum glamour, talvez alguns nacos de exagero, firulas pretensamente literárias. Trata-se de uma foto 2x2 de um tempo, tempo cinzento, de repressão, de liberdade ferida mortalmente, com gente que transpira, mija, sua, padece de fragilidades e frieiras, acentuadas pelas condições hostis; gente carente, enfim, longe dos heróis das histórias de cavalaria.

Somos uma arraia miúda, idealista, insegura, que, não tendo fé nem mais acreditando em Deus, acredita na vitória dos oprimidos, na transformação do mundo pela utopia, na cumplicidade pela dor, na liberação dos direitos da mulher, tudo sonhos de inverno; e, finalmente, gente que torce todos os dias pela derrota dos americanos — as máquinas de produzir mortes — no Vietnã, portanto, pessoas de carne e osso. Enfim, ridículos e tolos é o que somos quase todos, senão pelo menos os urbanos. Os românticos, tanto no século XVIII como no século passado, sempre buscaram uma ponte com o leitor. Este diário, romântico, pelo menos no vulgar, busca o mesmo. E seja o que Deus quiser, porque o juízo perverso do crítico pedante ao Diabo pertence.

O TRANSISTOR É REVOLUÇÃO

OUTUBRO DE 1974

O barco vai cortando, varando um das dezenas de afluentes do grande rio. Estamos isolados do mundo. A única ponte com a civilização é o radinho transistor da Iaci. Parece haver consenso de que todos querem distância dele. Com exceção de sua dona. O grupo está novamente junto. O destino é encontrar um seringal, memória do ciclo da borracha. Estamos nos anos 1970, já conhecidos como a década da destruição.

O Alemão tem interesse em documentar essa unidade econômica — seringal — que durante um século sustentou a economia local. Marcelo quer recolher subsídios, ouvir seringueiros, seringalistas, índios, de tal forma que possa dispor de um painel real da relação opressor versus oprimido. Foram esses pioneiros truculentos e assassinos — bandeirantes, predadores de índios, garimpeiros, seringueiros e seringalistas —, repete o Marcelo, que anexaram esses cinco milhões de km² ao Brasil.

Temos discutido o que vamos filmar. Produzir uma dramaturgia, transformar os nativos em atores ou surpreendê-los no seu dia a dia? Pessoalmente acho a dramaturgia melhor.

Navegamos durante o dia e à noite fundeamos em qualquer ponta de praia ou porto de barranco. O barulho da máquina, um velho e valente motor de popa, movido a óleo, já não nos incomoda, pelo contrário, com ele acalentamos as sestas à tarde. Dormimos em rede, é um sono gostoso, relaxado, abastecido pelo vento do rio, que nunca cessa, graças ao movimento do barco. A embarcação chama-se Esperança, e temos por ela cuidados redobrados.

Por ser 1º de setembro, a data foi lembrada pelo Werther. O curioso é que nada o incomoda mais que referências aos fantasmas da Segunda Guerra. Embora nem tivesse nascido, revisitou esse 1º de setembro, sabe Deus por quê, dos idos de 1939, quando a sua Alemanha, a Alemanha de seus pais e amigos, invadiu a Polônia.

Na invasão da Polônia o mundo teve uma pequena mostra da *blitzkrieg* — guerra-relâmpago. Há 35 anos, portanto, o mundo acordou intimidado. E como nenhuma desgraça internacional é pior do que uma desgraça nacional, aqui, no Brasil, estamos todos com armas apontadas às nossas cabeças. Agora.

Já derrotado, no final de abril de 1945, Benedito Mussolini e sua mulher, Clara Petacci, foram capturados, assassinados e pendurados pelos pés na Piazza Loreto. No dia seguinte, 30 de abril, na outra ponta da loucura, em Berlim, capital do Reich que teria mil anos, suicidavam-se Adolfo Hitler e sua companheira Eva Braun, 33 anos, portanto no vigor da juventude. A gente esquece, mas os dois grandes protagonistas da maior tragédia humana de toda a história do século XX, pelo menos em número de mortos, morreram simultaneamente: um no dia 29 de abril, Mussolini, e o outro, Hitler, no dia 30, de 1945.

Goebbels, que nunca foi bobo e não morreu nem doente, nem demente — conforme aconteceu com o Führer — no dia 1º de maio, antes de disparar um tiro no ouvido, assistiu à morte de seus seis filhos e de sua mulher. Égua, tragédia dos infernos... No espaço de três dias seguidos, essas três figuras, digam-se três sinistras figuras, retornam ao nada, ao pó, levando cada uma seus entes mais próximos e deixando o mundo inteiro de luto, enterrando seus milhões de mortos.

* * *

Nunca se identificou Eva Braun como amante de Hitler e, vejam bem, só se casaram na véspera do suicídio duplo. Esse Romeu e Julieta que manchou a história com um banho de sangue nunca antes conhecido, desde o momento em que o homem se separou do macaco, bem que teve suas pitadas histriônicas. O Reich, que havia rompido com todas as manifestações religiosas e sociais do antigo regime, teve em seu criador, às vésperas de um final trágico, uma recaída religiosa que maculou sua biografia: antes do suicídio, Hitler pediu a sagração do casamento. Um prato feito para as almas pias. Nenhuma grande tragédia pode descartar o patético.

Hitler, o vegetariano, o pintor medíocre que se acreditava um gênio, o cabo de guerra da Primeira Grande Guerra, aos 56 anos, deu fim à vida, demente, e talvez, quem sabe, magoado com o mundo. Entre as tantas contradições dessa personalidade diabólica fica mais um desserviço à boa causa da vida: o diabo do homem era vegetariano. Logo ele, meu Deus!...

O VOO DAS BORBOLETAS NEGRAS

Estamos no final da estação seca. Pouco importa. Aqui as estações praticamente não existem. O que há são chuvas que nunca dão moleza. As borboletas são tantas que, quando a embarcação para, por qualquer motivo, ou por todos os motivos do mundo, e invadimos as praias, somos obrigados a disputar a tapas e socos com elas um espaço, por menor que seja a área escolhida. Verdes, azuis, amarelas, brancas, negras, coloridas, todas as cores e nuances da Terra, lá estão elas, esvoaçantes, inquietas e inquietantes.

Não há coração, por mais rígido e travado, que possa resistir à multiplicidade de suas cores, aos seus movimentos desconcertantes, à singeleza de seus voos. O jeito é queimar papéis velhos, folhas, gravetos e buscar espaço, expulsando-as pela ameaça do fogo. Sem isso fica difícil, quase impossível, permanecer à margem do rio, na borda das praias. As borboletas, associadas às copas das árvores, formam um fundo colorido, quase um céu de fim de tarde, visto ao longe. O seu território é à beira dos rios, principalmente as extensas praias, visitadas à noite por dezenas e centenas de tartarugas. Vão desovar.

O Esperança fura com a proa a serenidade das águas, num primeiro plano as borboletas formam nuvens coloridas, tendo por pano de fundo a selva, a estonteante selva, revelando as copas azuis, vermelhas, lilás, anis, amarelas; e o barco segue veloz, com a nossa mente repleta dessas imagens, que entram pelos poros, pelas narinas, pelos ouvidos. E até pelos olhos. Eita, beleza da porra!

É preciso concordar ser impossível nomeá-las. Impossível criar uma linguagem verbal identificadora. Até porque já não pertencem aos sentidos, senão à mente. E como encantam... Nenhuma forma de metarrepresentação vai permitir contar o que estamos vendo, senão pela mente, e nunca, nunca pelos sentidos. Os sentidos nos fornecem as informações, nos ajudam a criar a memória. E desta para as ideias é questão de um pulo. E, no entanto, haja chuva diante da alta fantasia.

Vezes há em que emana o cheiro de mata, de árvores podres, de flores, e outras vezes inhaca de cobra, inhaca de porco-do-mato, inhaca de onça no cio. Há que se ter sensibilidade para perceber, distinguir todos esses cheiros, descobrir seus mistérios, separar o joio do trigo, auscultar todos os sons, suas infinitas ressonâncias, e assim por diante, parando por aqui pra não afrescalhar demais essas emoções, esses sentidos.

Brisa, quando fundeamos o barco, passa a se divertir, perversamente, com as borboletas, latindo, perseguindo-as, apanhando-as nos dentes, destruindo-as, até ser enxotado por Clara, que reprova sua conduta.

— Sai, Brisa, você não tem sensibilidade pra apreciar as borboletas coloridas!

Os cães sempre tiveram papel relevante, tanto na literatura quanto na vida dos homens. Sem eles não estaríamos onde estamos, é o que diz a arqueologia. Foram parceiros estratégicos na caminhada da humanidade.

A PURA CRÍTICA DA RAZÃO

O sistema de pensamento que mais danos causou à concepção religiosa, à fé, e no caso ao cristianismo, teve como autor um homenzinho tímido — 1,60m de altura — e que nunca saiu de sua cidadezinha de Königsberg, na antiga Prússia. Nascido em 1724, Immanuel Kant desfechou, sem prejuízo de sua formação pietista, os mais duros golpes ao pensamento religioso, à fé, à ideia de Deus. Schopenhauer acredita que a *Crítica da Razão Pura* é a mais importante produção da literatura alemã.

Ao longo do século XIX praticamente todos os cães adotados nas igrejas chamavam-se, invariavelmente, Kant. Chega a ofender identificar um cão com um nome humano? *Quincas Borba*, mais um desses deliciosos romances machadianos da maturidade, informa-nos: Quincas Borba — "um bonito cão, meio tamanho, pelo cor de chumbo, malhado de preto" — ganha o nome do próprio dono.

"Desde que Humanitas, segundo a minha doutrina, é o princípio da vida e reside em toda a parte, existe também no cão, e este pode assim receber um nome de gente, seja cristão ou muçulmano", explica uma personagem a transferência do próprio nome ao seu cachorro de estimação.

Prova maior de afeto não há. Ao longo do livro, Quincas Borba, o cão, exercerá um papel singularíssimo, pontuando praticamente toda a história, principalmente a loucura do seu segundo dono, o inesquecível Rubião.

Graciliano Ramos criou certamente uma das mais pungentes personagens da literatura brasileira: Baleia, uma cachorra. Em *Vidas Secas* ela divide com Fabiano, Sinhá Vitória e os filhos do casal um universo marcado pelas estiagens, seca maldita, abandono e condições adversas de sobrevivência. Baleia é o povo brasileiro.

"A cachorra Baleia estava para morrer. Tinha emagrecido, o pelo caíra-lhe em vários pontos, as costelas avultavam num fundo róseo, onde as manchas escuras supuravam e sangravam, cobertas de moscas".

A tragédia de Baleia é que ela não podia mais viver. E teria que ser sacrificada por seu dono, o Fabiano, que a ajudara a nascer. O dono que vira algoz desfecha-lhe um tiro, Baleia se transforma em baleada, ferida, condenada. Sua agonia produz um dos momentos mais trágicos, é uma hipótese, da criação literária brasileira. É uma página, um capítulo, sei lá, em que se mergulha com os sentimentos sangrando, o coração latejando, tal a carga dramática introduzida pelo inesquecível Graça. Baleia não resiste ao tiro da velha espingarda, mas antes de morrer percorre, em sua agonia, uma vida de fidelidade e amor dedicada a Fabiano, seu algoz de agora. Sua única vingança é o desejo de mordê-lo, estarrecida com a sua brutalidade; mas os desejos, como os sonhos, se perdem na penumbra dos últimos instantes de agonia do animal.

"A tremura subia, deixava a barriga e chegava ao peito de Baleia. Do peito para trás era tudo insensibilidade e esquecimento. Mas o resto do corpo se arrepiava, espinhos de mandacaru penetravam na carne meio comida pela doença. Baleia encostava a cabecinha fatigada na pedra. A pedra estava fria, certamente Sinhá Vitória tinha deixado o fogo apagar-se muito cedo. Baleia queria dormir. Acordaria feliz, num mundo cheio de preás. E lamberia as mãos de Fabiano, um Fabiano enorme. As crianças se espojariam com ela, rolariam com ela num pátio enorme, num chiqueiro enorme. O mundo ficaria todo cheio de preás, gordos, enormes".

E assim se findaram os dias de Baleia, a mais comovente história de um cão que se conhece em nossa língua.

Bispo dos diabos

Os deserdados, que não são poucos nesta região, têm uma imensa dívida com uma figurinha pequena, inquieta, 55 quilos no máximo. Ele, mais que ninguém, é o símbolo da Teologia da Libertação, visão religiosa singular inaugurada pela Igreja cristã a partir do Concílio Vaticano II, diga-se João XXIII, no começo dos anos 1960.

Espanhol, mais precisamente catalão, conterrâneo de Picasso, como ele transgressor genial, D. Pedro Casaldáliga, bispo da prelazia de São Félix do Araguaia, encarna a defesa intransigente de todos os oprimidos de uma região perdida do terceiro mundo. A península ibérica, enquanto existir, há de produzir sempre os seguidores de D. Quixote. Mas esse, D. Pedro, é um Quixote especial, sem delírios, com os pés no chão, e cuja lança é empunhada em nome de todos os deserdados do vale do Araguaia. O século XX está produzindo grandes figuras, capazes de absolver a existência melancólica do ser humano na Terra. Certamente Pedro será uma delas.

A rádio de Havana informou à noite ser ele uma das pessoas mais censuradas pelo regime militar brasileiro. Deve perder apenas para D. Hélder Câmara, a CNBB e os partidos clandestinos. Num dos trechos da entrevista concedida por D. Pedro — que a Rádio Havana veiculou —, a uma pergunta por que se recusava a confessar fazendeiros e batizar os seus filhos, foi incisivo. Diga-se, inaugurou uma nova Igreja Católica Apostólica Romana: "A opressor, repressor ou puxa-saco de ambos eu me nego. Não somos nós que nos negamos. Eles é que se negam. Nós exigimos uma comunhão com a comunidade. Quem é inimigo dela recusa esse compromisso, coloca-se contra a comunidade, portanto, contra os princípios da palavra de Cristo. Sabemos que o povo tem que ceder. Ele não pode ter inimigos. Inimigo é um luxo para determinadas classes. Mas nós podemos! A Igreja pode!"

Conservadores e reacionários os santos papas sempre foram, é da natureza da Igreja. Consta que Eugênio Pacelli, Pio XII, de família nobilíssima, firmou acordos tenebrosos com o nazi-fascismo. Essas relações da Igreja até agora não foram esclarecidas. Segredo de Estado. Mas um dia a cobra vai fumar. Daí a escolher Ângelo Roncalli, filho de campônios do norte da Itália, ex-sargento da Primeira Grande Guerra, para ocupar a cadeira de Pedro treze anos após o término da Segunda Grande Guerra — 1958 — certamente foi uma decisão temerária. Nunca, em toda a sua história, a Igreja jamais —, repita-se: jamais — fizera tamanha loucura. Deu no que está dando. O Concílio Vaticano II não só abriu suas portas para o papel dos sindicatos como de resto cobrou do Estado uma ação social. Foi mais longe: implementou o ecumenismo, estendendo as mãos às outras religiões do mundo. Anulou o latim nas liturgias religiosas. Pode-se garantir que, após João XXIII, a Igreja jamais será a mesma. Todas as ditaduras estão com a Teologia da Libertação engasgada, pagando alto a quem enforcar o último comuna nas tripas do último padre militante dessa facção da Igreja.

A Igreja vai para o inferno

São 23 horas de uma noite escura, breu, últimos dias de outubro. E lá ficamos eu, Iaci, Marcelo e Alfredo ouvindo, assustados, uma nova Igreja, nos perguntando o que está acontecendo com o partido de Cristo, que desde sua criação, no século IV, se transformara no grande aliado das classes dominantes.

Há uma luta aberta entre os milicos e parte da Igreja Católica, o chamado grupo da Teologia da Libertação. D. Pedro é um dos líderes dessa corrente. Não demora essa Igreja começará a produzir os seus mártires. É o que melhor sabe fazer. É o seu forte ser martirizada.

Pode-se conjeturar ser esse o forte da Igreja: produzir mártires. Os milicos que se cuidem. A vocação para o martírio é a essência do cristianismo. Em verdade, são suas raízes. Não existiria cristianismo sem a crucificação de Cristo, ou então ele seria outro. O governo militar não ignora esse risco.

* * *

O Esperança retoma o rio, a brisa doce e suave volta a se fazer presente, temos de falar aos gritos, tão alto é o ruído do motor, principalmente na popa; e lá ficam as borboletas, reconquistam a paz perturbada, reassumem o espaço invadido pelas nossas vibrações, nossa presença. São muitos, certamente, os processos contemplativos, mas dois, exatamente dois, se nos deparam, sobretudo quando nos é dada a difícil missão de narrar: o que emana da imagem contemplada e busca chegar à imagem visível e o que parte da imagem visível buscando alcançar a expressão verbal.

Machado, que sabia tudo ou quase tudo, nos fala de uma arte sem língua. O sujeito vê, sente a expressão do belo, é tomado de conteúdo criador, mas lhe falta a língua, aquela ponte que faz emergir a obra, que leva ao outro e ao mundo, a criação. Essa é uma dor sem remédio.

Vez por outra alguém grita, mostrando um jacaré preguiçoso que se esquenta à luz do sol, um tracajá que dorme num galho flutuante ou uma capivara que se lança às águas, barulhentamente.

Por ser a estação dos acasalamentos, todas as espécies retomam seus espaços. Trata-se de uma estação colorida, ruidosa, geradora de disputados desejos, e o cio das espécies pode ser contemplado a todo momento. A bicharada ocupa as margens dos rios, a várzea está dominada por imensos lagos, memória das grandes inundações. O peixe é abundante; então se firma um ciclo fantástico, uma cadeia sinfônica de acontecimentos. Os peixes multiplicam-se às centenas, os pássaros vêm disputá-los, assim como outros animais carnívoros, que por sua vez são disputados pelas onças, cobras e gatos do mato.

Luxúria selvagem

À noite, após fundearmos a embarcação, contemplamos essa luta fantástica pela sobrevivência. O tracajá põe os ovos às escuras e enterra-os, já que muitos são os predadores. A onça disputa os veados velhos ou recém-nascidos, a cobra persegue os sapos e, dependendo do tamanho, cutias e pacas. A vida sexual da bicharada se passa, grosso modo, durante a noite, no silêncio e na lentidão luxuriosa do jabuti, ou aos berros de uma onça pintada, cercada de machos, que a disputam de forma estrepitosa, derramada e violentamente. Vai obter suas mercês o macho mais forte. Literalmente: lei da selva.

Clara e eu vimos um casal de gaviões trepando demoradamente. O vento discreto, o colorido das árvores, o cio da bicharada, um clima cordial que se restabeleceu, o ar puro permanente e uma alimentação que se traduz em arroz integral e peixes frescos acirram, assim parece, uma imensa mobilização afetiva. Está chovendo alto em nossas fantasias eróticas. Pelo menos na minha.

Temos sentido saudades da Iaci e do Zé Messias. E por que não da Luzia? Todos os dias eles percorrem nossas conversas, visitam nossas lembranças, são citados, geram polêmicas, enfim, viajam conosco.

Pena que os cozinheiros sejam péssimos. E, no entanto, temos nos alimentado do bom e do melhor. Cada vez que atracamos numa beira de rio, e não têm sido poucas essas paradas, recolhemos açaí, bacaba, patoá, buriti, bebidas deliciosas, ricas em proteínas, oriundas de diferentes palmeiras.

De peixe nem é bom falar. Ninguém aguenta mais. Diariamente é insuportável. E sempre salgado, que é a única forma de não apodrecer, se estragar. Pacu, tucunaré, pintado e mandi são os melhores. O pior cozinheiro é o Bediai. Ele na cozinha é garantia de jejum. O grande mestre é o Comandante. Domina a arte do bom prato. O pirarucu é excelente, mas consumido com muita frequência provoca alergia, coceira no corpo todo. O povo diz que é reimoso. Quando conseguimos, num ribeirinho, carne de veado, anta ou porco do mato, ovo caipira, a tripulação tem orgasmos. Prefiro o peixe, mas em algumas ocasiões caio de boca na carne. Não passo bem depois. Todos esses alimentos, carnes ou peixes, nada valem numa expedição se não houver farinha, farinha de mandioca, seja a branca ou farinha-dágua, de cor amarela. Nem índios, nem caboclos, ou qualquer outro habitante daqui concebe viver sem farinha. Para mim é a morte, o melhor caminho para a engorda.

¡Nenhuma traição é impune!

Acordamos sob o impacto de um fato inusitado. A notícia correu célere feito pólvora num palheiro, e já é de domínio coletivo, embora não se fale abertamente. Trata-se de um acontecimento que nos pegou de surpresa, e de certa forma está gerando reações explosivas, distintas: Clara e Alfredo dormiram juntos, amaram-se! Canalhas! Uma sensação de raiva e rejeição tomou conta de parte do grupo. Quando discutimos o assunto com Marcelo e Alemão, a perplexidade foi geral. Marcelo não se conteve e retaliou:

— Espero que ele pare de beber, coma menos carne de anta e reduza os peidos. Ela merece pessoa mais civilizada.

— Todo preterido diz isso. Rochefoucauld ensina que deploramos com facilidade os defeitos alheios — se é que ela cometeu algum erro —, mas raramente nos servimos deles para corrigir os nossos.

— Que o Alfredo conquistasse a Miss Brasil, a Brigitte Bardot, a Claudia Cardinalle, a Kim Novak até dá pra entender. Mas Clara, uma sensibilidade como a de Clara...

— Bom — diz o Comandante —, água morro abaixo, fogo morro acima e mulher querendo dar, nem a vontade de Deus consegue dobrar...

— São poucas as mulheres que ao eleger seus parceiros não erram na escolha. Não esquecer a histórica queda que têm pelos tolos!

— Nada é mais idiota que um tolo espirituoso — corrige o Marcelo, me contestando.

— Não querendo me meter, mas já me metendo — diz o Comandante —, mulher gosta do cheiro de mulher. Quem mais as encanta? O Alfredo. Conquistou Clara na conversa mole...

— Homem também gosta de cheiro de homem. Às vezes a gente nem mais está ligando pra nossa mulher, saciado de tanta convivência. Eis que aparece alguém batendo asas pra ela, e o desejo volta incendiado — completa o Marcelo.

Desde o lamentável dia — sim, lamentável — em que Clara dormiu com o Alfredo, firmou-se um visível distanciamento em relação a ela. É transparente a decepção, o desencanto. O velho tornou-se calmo, bebe menos, moderou a voracidade pela carne de anta, já não fantasia tanto suas histórias e, não raras vezes, tem sido visto refletindo, calado, com muita luz nos olhos, contemplando a paisagem que a velocidade do barco vai devorando. Há quem diga até que os gases estão menos ruidosos. Tudo é possível na revolução do desejo.

Ela está como sempre, tranquila, afável, e sabe perfeitamente o que se passa em nossas cabeças. Daí, talvez, a tolerância. O Alemão come muito, principalmente doces. Deve ter engordado, desde que a viagem de barco se iniciou, pelo menos uns três quilos. Pode ser resultado da decepção que Clara produziu em todos nós. Ele procura esconder e, no entanto, revela-se na comilança.

— Vão patrulhar a mãe — disse, quando o Marcelo olhou detidamente para o doce de goiaba que ele devorava pela terceira vez, num mesmo dia, apontando silenciosamente para sua adiposa barriga.

REJEIÇÃO NÃO TEM ÉTICA

Pela manhã o Marcelo cometeu uma indignidade. De tamanho razoável. Localizou e devassou o diário de Clara. E, no entanto, estamos adorando. Passamos a lê-lo. Num primeiro momento, no primeiro dia, censurei-o rispidamente. Chamei-o num canto e espinafrei. E censura sincera. Disse que se tratava de um ato indigno, que tal atitude mostra a natureza de seu caráter, que tudo na vida pode ser perdoado, menos a ausência de ética. Um mundo sem ela é a barbárie, o caos, o retorno à caverna, enfatizei. Não é por termos nossas misérias que não se possa estabelecer limites. Para tudo há limites, prossegui veemente em minha censura. Ética e bons princípios são tão importantes como o ar que respiramos, a água que bebemos, e ele, sem dúvida alguma, tinha avançado o sinal vermelho. Pior: revelara uma faceta de seu caráter abominável.

Fiz questão de falar razoavelmente alto, de tal forma que pudesse ser ouvido por todos. Essa postura revelava a magnitude de meus princípios, distanciava-me da miséria humana, cada vez mais visível em todo o grupo. Passei a encarar todos nos olhos, meu queixo sofreu uma pequena elevação enquanto caminhava, perorando, no interior do barco.

Nos dias seguintes fui moderando as reprimendas. Reduzi a veemência da censura e a altura de meu discurso. Admiti, já agora, que ninguém é perfeito. Reconheci que o diário tinha até valor humano, quem sabe literário! Sociológico, sem dúvida alguma. Comecei a abrir uma pequena janela para o dissimulado edifício da absolvição. A curiosidade, em mim, começou a emergir. Foi crescendo aos poucos. Ganhou corpo, tornou-se quase ingênua. Finalmente venceu, nocauteou a ética. Eis-me absolvido, e cúmplice, portanto, de algo deplorável.

E existem atenuantes históricos, comecei a lembrar. Já no século IV antes de Cristo, Epicuro correspondia-se com seus discípulos por cartas. Cartas a Heródoto, a Menequeu. E o que é o diário senão uma carta a si mesmo? O gênero epistolar, que nos chega até o século XIX, não se restringia meramente à correspondência entre o autor e o seu destinatário. Significava, sim, a expressão mais ágil de exposição, pontos de vista, reflexões e mesmo intercâmbio de ideias.

São depoimentos simples e densos os textos de Clara. Nele estão dúvidas, alegrias, encantos e desencantos. Algumas vezes alcançam o patamar da mais alta sensibilidade, quem sabe o encanto literário! Portanto, mais um quesito para me absolver de tamanha vilania.

"Marcelo e ele (refere-se a mim) não entenderam nada. Desde que me viram com Alfredo, passaram a me olhar com reprovação. Vou propor conversar. Pena que Iaci não esteja aqui. Estou com saudades da Luzia. Pela primeira vez não está sendo tratada como prostituta. Isso o grupo tem de bonito, arejado. Ela é, literalmente, uma personagem de tragédia grega. Por mais que se esforce, que grite, nada pode fazer contra o seu destino previamente traçado. Ninguém pode mudar o seu destino, acreditavam os gregos. E, no entanto, se isso for verdade a vida não tem sentido, equivale a um doloroso esforço inútil".

Há outro trecho particularmente pertinente: "Temo que Alfredo pare de fantasiar, mentir. Desde que começamos a dormir juntos vive falando em projetos de vida conjugal, deixando de contar suas lorotas. Essa tem sido a parte mais rica de sua vida. Deus, vamos supor que tenha sido ele, foi sábio ao nos fazer frívolos. Ao nos fazer vulgares. E por ser frívolo e vulgar o Alfredo não disparou, até hoje, um tiro nos ouvidos. Ele não está afinado com o jogo. Começa a ficar controlador. E aí a porca vai torcer o rabo e guariba assobiar".

Numa quinta-feira de agosto, antes desse inusitado acontecimento, escreveu: "A mulher sempre foi só. O que não é uma limitação da mulher amazônica. A pergunta é: o que queremos, nós mulheres, do mundo atual? Vale repetir: os homens avançaram neste século. O reconhecimento do universo gay, perda lamentável para nós, é uma conquista social e sexual masculina. As mães reprimidas e os pais machões não precisam mais morrer de decepção ou vergonha ao descobrir a homossexualidade do filho *darling*. O efeminado rapaz tem agora uma alegre rede social e institucional, extrafamiliar, para sustentar a realização plena de seu direito de dar a bunda para quem bem quiser. A mãe pode até se solidarizar, 'dê, filho querido, não se reprima'. Nós ainda não conquistamos esse espaço. Mulher homo é um escândalo de bom tamanho".

Não estamos sentindo mais nenhuma repulsa em invadir o diário de Clara. O que ela diz deveria ser de domínio público, distribuído nas escolas, nas portas das fábricas. Estou absolvido. E, no entanto, um sentimento de retaliação está nos mobilizando. Fomos rejeitados. E mais: ela escolheu aquele que mais chove na alta fantasia. E isso transforma o nosso pecado mortal em venial. A causa pública, as grandes bandeiras, quantas vezes têm servido para mascarar as misérias pessoais.

O HOMEM VAI MELHORAR...

Faltam apenas dois dias, segundo o Comandante, para chegarmos ao Seringal Boca do Piriti, localizado na bacia. A iminência desse acontecimento, quem sabe os textos de Clara, ou a mudança que se opera ciclicamente nas pessoas, tudo isso reunido, e outras coisas acontecidas e ignoradas, estão devolvendo a cordialidade perdida nas últimas semanas. Viajar pelos rios é mergulhar no sobrenatural. É ele que rege o planeta das águas. Invadimos praias, estirões, barrancos, onde a impressão, senão certeza, é que o homem até hoje por aqui não pisou. São sítios que se encontram como à época da descoberta. Na verdade aqui nada foi devassado, ainda. Tudo reclama reconhecimento, mas presença harmoniosa. Nesse planeta água os mitos são verdades pétreas.

O barco fica às vezes um dia inteiro navegando e não encontramos viva alma. Eita isolamento dos infernos. Os bichos praticamente não se assustam com nossa presença, seja um grupo de antas atravessando um rio, seja a infinidade de jacarés que nos olham, pegando sol, acomodados nos barrancos. Não fosse o barulho do motor, não é improvável que ignorassem nossa passagem.

Eis que avistamos, ao longe, uma casa. Levamos horas para alcançá-la. E lá chegando deparamos com uma única família perdida nas águas barrentas da beira do rio. É sempre uma festa. Isolados, insulados, vivem como selvagens, mas são absolutamente receptivos. Nunca tomaram um sorvete, desconhecem um sanduíche, não sabem o que é um telefone, um carro; avião apenas o ruído nos céus raras vezes, a rotação da Terra em torno do sol é conversa para boi dormir e sequer imaginam que ela seja redonda.

Servem café, oferecem comida, frutas, bolo de macaxeira, caldo de cana, sentem prazer em abater uma ave, uma galinha, matar um porco e preparar uma baita refeição. Ignoram qualquer conquista tecnológica da civilização. Rádio de pilha, meu Deus, não têm a menor ideia. E que não se fale em dinheiro, equivale a insulto. Dessa gente pode-se dizer que conservam a inocência. A generosidade que passam nos gratifica, nos deixa de bem com o mundo, nos faz acreditar na bondade natural do homem, essa bobagem plantada pela turma do Morus, Rousseau e Montaigne.

— A melhor forma para se conhecer alguém é vê-la com poder. Na casa de paxiúba todos são bons, quero ver habitando as mansões.

— O povo ensina que poder é melhor que foder.

— Quer dizer que não temos jeito? — interpela o Alfredo.

— ?!?...
— É porque recusam a utopia...
— Camaradinha, muda o disco...
O cristianismo ainda não introduziu integralmente sua repressão nessa gente. Não que o desconheçam, mas é que são regidos pelo mágico, pelo caboclinho da mata, pelos heróis culturais.

...Quando? Ninguém sabe!

Umas flores que merecem registro, nessas isoladas beiras de rio, são as meninas, as adolescentes, as lolitas amazônicas. Algumas bonitas, beleza difícil de descrever mas que encanta, enche os olhos. Principalmente os nossos, carentes como estamos. Ora índias, cafuzas, caboclas — dominantes —, ora uma mistura branco-asiática, indecifráveis, às vezes outras criações de uma miscigenação imprevisível. Germânica, nenhuma. À nossa chegada se escondem no interior de suas casas, enquanto vêm o pai, a mãe, os irmãos nos cumprimentar.
Ficam lá resguardadas, durante horas, nos olhando pelos buracos e frestas das janelas e portas semicerradas, brechando, isto é, olhando-nos pelas brechas. Amansadas, solicitamos aos pais que apareçam, eles concordam, principalmente a mãe, e então, sob pressão, divididas entre a timidez e a curiosidade, vêm nos cumprimentar. E aí assistimos à colisão do feudalismo, da Idade Média, enfim, de um tempo muito remoto, antes mesmo da Renascença, com a modernidade, a conquista da lua, os voos espaciais, a máquina Olivetti, o rádio transistor.
Não nos olham nos olhos. Aproximam-se cabisbaixas, estendem uma mão fria e mole, e repetem mecanicamente:

"bem-vindo..." E, ato contínuo, dão meia-volta, retiram-se para o interior da casa, às pressas, onde continuam a nos espiar — espiar é o verbo adequado — pelos cantos das portas e janelas, pelas frestas das tábuas de paxiúba. Só nos cabe ouvir, ou melhor, pressupor, risinhos, cochichos, e praticamente nada vemos. Como repercute na cabeça dessas lolitas a nossa presença? Como nos olham? Constituímos objeto de desejo? Que pensam de nós? Perguntas e mais perguntas.

A dissimulação somos nós, gente urbana, safada, carregada de rapapés; e incendiados de desejo estamos todos. Os nossos desejos podem ser, e são, protegidos pela curiosidade justificável, sociológica. Mas o desejo pulsa, e como pulsa. E não nos acomete nenhuma repulsa. Elas se tornam, então, depositárias das mais tórridas fantasias sexuais, das mais etéreas, posto que significam a inocência, perdida nas mulheres urbanas mas visível e em estado puro nessas almas lânguidas, curiosas e sedentas de amor. E que se revele: estamos roendo ossos. Seios arfando, a silhueta das coxas, das calcinhas escondendo o indecifrável nas saias transparentes, na contraluz dos raios da tarde que se despede. A fantasia, onde inexistem mulheres possíveis, transforma em deusas, Vênus, moças sofríveis. O que não é o caso dessas meninas, desejadas por razões que nenhum esteta reprovaria...

Uma ninfeta da várzea. Sim, senhor, uma ninfeta dos rios, dos barrancos sombrios, da selva... Cansados de guerra nos encontramos. Não me refiro há meses, semanas de viagens. Falo dos embates amorosos das grandes cidades, da falta de tempo para se ouvir, sentir o outro. Não há mais como esconder, o outono se despediu. Sinto-me no inverno das minhas paixões. Queixas idiotas...

Alguma coisa me diz que, aqui, o amor não se degradou. Essas meninas entregam-se derramadamente, sem cobranças, sem neuras, sem questionamentos, simplesmente entregam-se. Aqui, primeiro a mulher se entrega; depois, avalia se vale a pena continuar. Desconstroem-se, portanto, as neuras que precedem a troca amorosa urbana. Desconfio que nos últimos anos não se faz mais amor nas grandes cidades. Cumprem-se deveres de marido, de noivo, de namorado. As exceções são, certamente, os amantes.

A MULTIPLICAÇÃO DOS DESEJOS

JANEIRO DE 1975

O que define um homem é a firmeza de suas decisões. A convicção em suas vontades. Concluído esse trabalho, essa viagem absurda, retorno aqui, e me apresento aos pais da ninfeta, essa deusa graciosa, essa menina/mulher, que me mobilizou, me desarmou por dentro, devolveu o que já não mais conhecia na grande cidade: a capacidade de entrega, coisa simples de falar mas difícil de viver. Tudo isso aconteceu a partir de um olhar fugidio, sim, dissimulado; por que temer plagiar Machado? Que mal há nisso? Os sentimentos são universais, ora bolas!...

Me encontro em estado de graça. Desde o primeiro instante fui tomado de um arrebatamento, de uma comichão interna, de um assanhamento impossível de mascarar, de uma alegria permanente, juvenil, quase idiota, própria desses estados, e basta olhá-la que me encho de desejos, sonhos, cálidos enlevos. Na curva dos 40 conheci essa diabinha, esse pecado! Não penso noutra coisa, só penso nela, nessa flor, orquídea rara, raríssima, que me torna superlativo, hiperbólico, desligado do mundo quantas vezes, e daqui pra frente é pedir a Deus que os dias sejam mais curtos, rogar que reduza suas horas, e que as horas tenham a duração de minutos.

Em silêncio, sim, às vezes a paixão consegue se recolher, recorro a Camões, nunca olvidado, e pedindo desculpas pela adulteração: "Estando em terra, chego ao céu voando; numa hora acho mil anos, e é de jeito que em mil anos não posso achar uma hora. Se me pergunta por que assim ando, respondo que não sei; porém suspeito que só porque vos vi, minha ninfeta etérea".

De tal forma que o tempo se torne célere, que mesmo faltando meses, demorando anos, mais esperarei por ela, como se segundos fossem. Peço-a em casamento, sequestro-a da solidão amazônica, e eis-me vivendo com uma mulher cordial, que não acorda de mal com o mundo, quase índia, saudável, uma pirâmide de inocência e serenidade, sem as travas de suas irmãs urbanas, seja de que mundo forem – cariocas, paulistas, americanas, asiáticas, europeias. Deixarei de dormir continuadamente com o inimigo, pelo menos essa é a referência do casamento urbano.

Pra todas essaszinhas das cidades, metidas a besta, arrogantes, feministas, sebosinhas, liberadas demais, nenhuma tolerância, nenhuma colher de chá a partir de agora, digo serenamente para mim. Desde que a conheci, melhor dizendo, desde que a descobri, desde que acertei nessa loteria dos sonhos, tornei-me uma pessoa generosa, capaz de perdoar tudo, capaz de contar as estrelas numa noite de lua cheia, ou até mesmo numa noite sem estrela alguma. E nisso há consenso no próprio grupo. A paixão madura, amena, como essa em que mergulhei, me deixa assim, cordial. Ninguém mais nega que me transformei num homem cordial. Perdoei até o gesto canalha do Alfredo: dentro do barco, mostrou-nos uma calcinha, roubada do quaradouro, de minha ninfa. Em situações normais, certamente o teria esbofeteado.

Alucinações congestionadas

Tornei-me uma pessoa possível, rompi com a amargura, abdiquei do infortúnio, solicitei divórcio à intolerância, que vinham pautando minha vida nos últimos anos. Ergo o queixo e olho para o céu, que por sinal estava lindo, começava a anoitecer. Todos os pássaros já haviam se despedido do dia que se fora. A mulher urbana, continuo pensando vendo o barco singrar as águas, é um labirinto sem saída. É uma desgraceira de bom tamanho. Toda mulher urbana, urbana de verdade, que encontramos nas ruas, nos bailes, nas praias, nos escritórios, nas praças, viraram ruínas vivas, estão no corredor da morte. Não mais se namora, não mais se casa; guerreia-se, peleja-se um silencioso ou exponencial combate. Casar é terçar armas sob o sacramento da Igreja e a celebração da sociedade civil.

Ativo a memória das minhas derrotas, que não são poucas, e lá vejo os olhos sedutores da musa, sim, musa sem máculas, a recepção desarmada de sua alma, e termino comparando-a com suas irmãs da cidade. Que comparação cruel! Que derrota para as sebosas e liberadas urbanas! Tão logo essa minissérie seja concluída, volto aqui para levá-la comigo. Quanto a isso nenhuma dúvida, nenhuma polêmica. Até porque me namora os olhos, essa sapeca, me devora todo, sem nenhuma cerimônia. Ah, dengosa. Ah, safada. Depravadinha dos deuses. Descarada querida. E me seduz sem nenhuma resistência, sem nenhum protesto meu, com o seu sorriso dissimulado, dissimulado para o mundo, mas claro, transparente para mim como o nascer de um dia, visível como o brilho de um diamante, mágico como a luz da lua. Já me vejo retornando, após os cumprimentos de praxe, das saudações, todo empertigado, cerimonioso, voz empostada, própria de todos os sedutores

do mundo, dizendo ao pai da moça, genitor de minha Dulcineia, que gostaria de ter sua filha como esposa. Filhos, muitos filhos, penca de filhos, tenho em meus olhos maldormidos!
Os pássaros cantam. Há um sabiá-laranjeira que parece ter ouvido tudo. Não é que se pôs a cantar, de forma desvairada, e passou a ser seguido por uma infinidade de outros sopranos, de outros tenores? Em torno da casa simples mas bela, paradisíaca, de frente para o rio, onde o sol se esconde, onde suas águas correm serenas, e jamais retornarão, se apresenta uma delicada e alegre filarmônica vienense. Inigualável. Todos os seus participantes são virtuoses. Quem duvida da harmonia de um curió? Quem questiona a imensa competência de um japiim, que domina os mais diferentes instrumentos, sendo capaz de imitar todas as aves rivais da selva? Quem consegue ficar alheio à celebração do dia feita pelo sabiá? E o uirapuru? Grandes artistas, mestres inimitáveis, virtuoses...
A moça, agora já moça — pouco importa que não tenha sequer 15 anos —, em sua simplicidade, fica perplexa. Acompanha tudo. Não pertence ao time das mulheres que não percebem nada, tão comum entre as urbanas, essas rancorosas, castradoras, doidivanas. Passa duas ou três vezes suas lindas mãozinhas na saia humilde de algodão, num gesto revelador de surpresa e timidez. Sua saia para mim virou seda chinesa. Seus olhos viraram sóis, sóis iluminando o mundo, a longa noite urbana, a solidão civilizada da grande cidade, os desencontros afetivos, existenciais; ela toda é um imenso céu, em cujas estrelas caminha descalça, serena e... e... deslumbrantemente nua. Segurar as emoções já não posso!
Vejo-me incendiado de desejos, alguns irreveláveis, sinto uma imensa luxúria se derramando, percorrendo ombros, incendiando meu pescoço, minha barriga, toda a região pélvi-

ca, todo o meu corpo. Garanto, e o faço jurando, no pedido formal, olhando olho no olho do meu sogro, já agora sogro, que em chegando à cidade vamos nos sacramentar pelas mãos da Santa Amada Igreja. Nada de amigação sem as bênçãos de Deus. Encontro-me emocionado. Falo, quase cochicho, tamanha a intimidade já existente, nos ouvidos do meu sogro: "Fique tranquilo, sua filha conhecerá o paraíso. Vai desfrutar das delícias da civilização".

Clara, numa tarde de calor abafado, úmido, toca em meu braço, segura o meu punho e alerta:

— Tá cochilando na borda do barco? Se cair, bye, bye pra todos — diz com enfado.

Abro os olhos, e, espantado, observo minha camisa de algodão inteiramente úmida. E sequer se tratava da neblina da tarde. A luxúria do sonho nada mais era que fragmentos de saliva, baba escorrendo pelo meu ombro esquerdo. Resíduos de alucinações congestionadas.

Rejeição mata...

Assistimos, na proa do barco, quando o sol amarelo-ouro se punha, a Clara convencer o Alfredo de que não valia a pena continuar. Era tudo o que queríamos ouvir.

Alfredo cometeu um pecado capital, desfrutou da mulher que desejávamos. Pecado, não; crime hediondo. E por caminhos que jamais perdoaremos em Clara. Em verdade, em verdade vos digo: por qualquer caminho ela seria punida. Toda mulher desejada que nos rejeite, precisa, deve ser punida. Uma mulher como ela não pode se permitir transar com qualquer um. E, quando estamos envolvidos, todo rival

— por mais especial que seja — se transforma em qualquer um, em imbecil. Ela é diáfana, pertence à alta fantasia e caminha descalça, estonteante, todas as noites, no céu de estrelas de nossos desejos.

Werther lembra que o seu nome é uma homenagem a um herói trágico que induziu mais jovens ao suicídio que os mortos nas guerras do século de Goethe, seu criador.

— Desconfio — diz ele — que a paixão é mais obscena que o sexo. Ninguém pode se subtrair aos impulsos da sexualidade. É parte ativa de nossa saúde. Já a paixão, uma doença, uma patologia. Sexualidade é força, é injunção da natureza, é uma evidência diante da qual não se pode fugir. E, no entanto, a paixão é uma fraqueza, uma ilusão.

Está alterado.

— A paixão, como renúncia ao próprio ser, é uma grande ilusão. Misturou sexualidade com paixão é certeza de uma novela de sofrimentos e desenganos.

Alfredo cometeu um erro de avaliação, fatal nas trocas amorosas. Em vez de se contentar, o que não é pouco, com a prazerosa troca sexual com Clara, optou pelo frágil e equivocado exercício da paixão. Ela está noutra, no que faz — e não há nenhuma prova em contrário — muito bem. Erro fatal, próprio de corações carentes. Como é bom e doce discutir os sentimentos alheios...

— Foi bonito, Alfa. Os homens que amei jamais fugirão dos meus sentimentos. As nossas trocas foram parte dessa viagem, não o seu fim.

Nada mais perverso para um coração apaixonado que ouvir da pessoa desejada uma jura de amizade. É uma flechada no peito com curare na ponta. Tentamos nos retirar, mostrando discrição e dignidade, mas ela nos impediu. Ensaiamos constrangimento, exibindo uma ética que não é o nosso forte; pedimos licença para ir à popa do Esperança, a fim de que os dois ficassem à vontade.

— Neste barco não há privacidade — e olhou, incisivamente, para mim e o Marcelo.

— Não faz muito tempo, se uma mulher se entregasse a um homem fora do casamento era quase uma atitude irresponsável. Hoje há razões múltiplas, senão todas as razões, para uma mulher respeitável ir para a cama com um homem. E ele nem precisa ser nenhum herói. Basta não ser idiota demais...

E aí a conversa ingressou no doloroso túnel da perversidade. Ao enunciar o adjetivo "idiota" como a penúltima palavra de seu discurso, nós, que tínhamos engasgado, até então, o feito invejável do Alfredo — desfrutar do corpo, dos seios, das coxas, da alma e de todos os belos sentimentos de Clara —, estávamos desagravados.

...MAS PODE AMADURECER!

E, surpreendente, um visível sentimento de pena nos invadiu. Passamos a compreender, senão a ficar cúmplices da imensa dor de rejeição vivida pelo Alfredo.

— A amizade é uma razão importante para uma mulher se entregar a um homem. O prazer é a principal delas. Mas a amizade não pode ser negligenciada. Nenhuma amizade que mereça tal nome pode ser diminuída, banalizada, pela troca sexual entre um amigo e uma amiga.

— É tudo o que um homem dos anos 1970 deseja ouvir — ratifica o Marcelo.

— Essa amizade poderá crescer, ser mais uma prova de confiança e carinho mútuos. Colega que seduz colega, aluna que seduz professor, professor que seduz aluna, chefe que seduz funcionária, secretária que seduz chefe não podem mais constituir nenhum escândalo, agredir nenhuma norma moral.

— Fomos vítimas de um grande estelionato, e o chamariz, o canto da sereia, a partir dos anos 1940 — isso para nos deter num tempo mais recente —, foi muito galã gay que jamais suportou, fora das telas, as mulheres nas trocas amorosas. O desafio é: amantes que se tornem amigos e amigos que se tornem amantes. Só assim será possível combater o grande inimigo da mulher livre e emancipada: a solidão.

— O que é que deu, mulher? Ensandeceu? – pergunta o Alfredo...

— Nossa cumplicidade amorosa chegou ao fim. Sem choros, velas ou culpados. Mas existem outras. A amizade, por exemplo. Ela transcende a paixão, é mais sólida, tem mais fôlego, e é poupada do sentimento de posse, fatal nas relações humanas.

Ele se ergue da borda do barco, onde permanecera, e tivemos a grandeza de respeitá-lo. Não olha para nenhum de nós e, especialmente, caminha em direção a Clara. Olha-a demoradamente, especialmente nos olhos, encosta a cabeça em seu colo, quase no ombro, roçando suavemente os seus seios, seus olhos têm lágrimas; dá meia volta e se recolhe à popa do Esperança. Sozinho.

As mulheres perderam

Dias depois, sem a presença do Alfredo, Clara nos dizia, quase em confidência:

— As expectativas da mulher moderna não são nada otimistas. Em cada dez homens, três são homoclandestinos, só os parceiros da tribo conhecem suas opções. Dois são assumidamente veados. Três outros, canalhas redondos ou idiotas irreparáveis. Portanto, imprestáveis para qualquer cumplicidade. Um, solteiro, dez mulheres o disputam. E finalmente o último, o casado, que entediado, saciado da esposa, o que não é nenhum absurdo, já que ninguém é de ferro, com suas escapulidas preenche, eventualmente, nossa solidão sexual de mulheres livres e autônomas.

O Comandante diz que não será surpresa se no Seringal Catuaba nos encontrarmos com o Zé Messias, a Luzia e a Iaci. Ele explica que "o Zé conhece os varadouros e as estradas como ninguém".

— Não estão longe. Tenho certeza.

O Bediai tem nos contado seus sonhos. "Sempre me guiei pelos sonhos".

— Quando meu pai morreu, ele mesmo soube que a danada estava chegando. Dormia, e no sono falou que morreria. Morreu no mesmo dia. Sonhei que Alfredo ia namorar Clara e tudo aconteceu. Tenho sonhado que Clara e Iaci voltarão a se encontrar. Quando, não sei.

Todos os dias, antes de o sol se pôr, reunimo-nos na proa do barco. É evidente a eleição desse espaço para rever as desavenças. São dedos de prosa. É o nosso divã, na proa do Esperança, que singra valentemente, tocado por um vento que nunca cessa, e tendo em torno castanheiras, seringueiras, mognos, sumaúmas, orquídeas de mil variedades, jacarés que ao barulho de nossa passagem se lançam às águas. Às 5 da tarde vamo-nos chegando, assim como quem não quer nada, fingindo indiferença, mas na verdade presos a esse momento.

Alfredo voltou aos frívolos dias de gandaia. Tornou-se novamente boquirroto, histriônico, e as fantasias reassumiram suas narrativas. O que mais incomoda é a condição permanente de herói. Em todas as histórias, antes evidentemente da deliciosa rejeição desfechada por Clara, ele nunca perdia, era sempre o mocinho, o eterno cavaleiro sem mácula e sem reproche. E como isso incomoda. Melhor, incomodava...

Sua relação com Clara está contida, visível a inexistência de ressentimentos por parte dela. Talvez sem maldade, ela está fazendo o que um coração rejeitado mais odeia: tratá-lo como amigo. Existem mil formas de ferir alguém, mas as mulheres sabem escolher as melhores armas. Nomear uma paixão de ontem de amizade no aqui, agora, é fogo que arde ardendo. Acho que está querendo passar mel nas fuças da onça carente.

— O discurso foi maquiavélico – garante o Marcelo. — Essa história de que a amizade é superior à paixão é conversa pra boi dormir.

— Está vindo da Europa, da matriz, tá cheia de guéri-guéri...!

— O chega-pra-lá que deu no Alfredo foi legal. Fomos desagravados. No meio dessa selva, em plena idade da pedra, vir com essa modernidade toda é latir no quintal pra economizar cachorro.

— Nessa roça não colho macaxeira. A defesa da viadagem, tudo bem... Mas dizer que o prazer é um dado fundamental para uma mulher ir à cama, ou propor que o professor seduza a aluna e aluna seduza o professor!... É a gandaia da família – protesta o Marcelo.

* * *

Os textos de Clara viraram o nosso jornal diário. Ela diz: "Voltei a sentir desejo pelo Alfredo. Gosto de vê-lo expansivo, pra fora, cercado de fantasias e mentirinhas". Essa é uma informação, acredita o Marcelo, que o Alfredo daria a bunda para obter. Voltamos a sentir cheiro de enxofre. O capeta, o canhoto, está no ar.

* * *

A chegada ao Seringal Boca do Catuaba, longe do calor imaginado, foi fria, quase indiferente. Seu Napoleão, o proprietário, revelou-se avaro nas respostas e pródigo nas admoestações. Não nos foi sequer oferecida hospedagem em terra, e estamos todos dormindo no interior apertado do Esperança.

Gordo, cabelos brancos, uns 60 anos, Seu Napoleão é ouvido por uma dezena de homens, a maioria de cócoras, esquálidos, magros, alguns sem camisa, e todos cuspindo, de instante a instante. Mascar tabaco de rolo, formando uma pasta no interior da boca, leva-os a esse deplorável procedimento.

Domingo, dia de descanso. É praxe as famílias deixarem suas *colocações*, ainda na sexta à noite ou no sábado, bem cedo, e dirigirem-se ao "Barracão". É o espaço que sobrou para não perderem o contato definitivo com o mundo, e de resto com outros seres humanos. Da vida selvagem vivem em contato permanente, já com as pessoas isso não acontece. Em havendo saldo, podem retornar com sal, café, jabá ou mesmo uma garrafa de cachaça. Poucos gozam desse privilégio. Também é praxe o patrão ludibriá-los, enganá-los nos cálculos; são praticamente analfabetos. Para não mencionar os preços exorbitantes ali cobrados e a proibição rigorosa de não poder plantar nada, de tal forma que se vejam na obrigação de tudo adquirir na sede do seringal.

Bediai nos chama; saímos em direção ao barco:

— Tem um seringueiro amarrado lá onde a mata começa — aponta na direção; vemos uma árvore perdida na clareira do "Barracão" e alguma coisa, que não podemos distinguir, em torno de seu tronco.

Para lá nos dirigimos, e em 10, 15 minutos estamos diante de um sujeito surrado, vestindo uma calça rota, semidespido, amarrado. Aos seus pés há pedaços de pirarucu e uma vasilha com água salgada. São visíveis as marcas de espancamento e a ação da *taxi*, formigas de fogo. Decidimos soltá-lo, no que somos impedidos por Bediai.

— Não caiam nessa asneira sem avisar ao Seu Napoleão.

Ainda discutíamos com Bediai quando dois bate-paus — jagunços —, armados com espingarda calibre 16, chegam e dizem que o "patrão quer falar com os senhores". Saímos às pressas, sob um sol devorador, e Clara veio correndo.

— Que horror, meu Deus, o que ele fez?

Os jagunços não dormem

Entramos no escritório, os jagunços nos cercando, observando, parecendo gaviões na expectativa do golpe fatal.

— É muito enxerimento meter o bedelho sem pedir licença. — A voz esganiçada, transparente era o ódio.

No percurso até o "Barracão", Bediai tinha nos aconselhado:

— Alemão, não se meta. Nós não podemos. Você por ser gringo, eu por não ser nada.

O homem falava, protestava, ameaçava, e nós, calados.

— Tudo bem — começo gaguejando —, apenas uma coisa: o que ele fez? Segundo: amarrar alguém durante dias com espancamentos, pirarucu, água salgada, numa árvore de formigas de fogo, eu pensava estar varrido no Brasil. Fere até a Convenção de Genebra.

No que falamos em Convenção de Genebra, o homenzarrão entrou em surto. Seu rosto inchado ficou vermelho e começou a chamar o Werther de "gringo, estrangeiro, ladrão de nossas riquezas". Depois sobrou naturalmente para o Bediai. Ele espumava dizendo que índio é atraso. O Bediai cantara essa bola. E ouvia calado.

— Aquele canalha — vociferava — matou a mulher e o meu melhor empregado. Se o corno estava sendo traído é porque não é homem de verdade. Já mandei chamar as autoridades, mas não adianta. Então, enquanto estiver em minhas terras, isso aqui não é de estrangeiro filho da puta nenhum — olhava furiosamente para o Werther —, nem tampouco terra de índio. Será tratado como manda o figurino: pirarucu, água salgada e formigas de fogo.

Prometemos que no dia seguinte deixaríamos suas terras. Ele concordou que o retiraria da árvore e o manteria amarrado, sob um teto, já não mais submetido a pirarucu, formiga de fogo e água salgada. Saímos em silêncio.

Salvar o mundo?

Numa época em que as verdades ruíram, em que os paradigmas desceram pelo brejo, nada melhor que lembrar o eterno e inesquecível Cervantes. Querer salvar o mundo é sublime; julgar-se um Salvador é ridículo. Olhando com atenção, as personagens desse diário são patéticas. Ou quase todas. Os urbanos, sem exceção. A indignação do Alemão, as bravatas do Alfredo, a grossura do Comandante, tudo é uma fonte inesgotável de riso. Querer salvar o mundo é sublime, achar-se um herói é ridículo. O pior é que esquecemos essa verdade, e cá estamos, induzindo a que acreditem em nós, em nossos delírios e fantasias, que julgamos verdades. O que vai emergindo é que o engajamento político, as bandeiras sociais, as ideologias, as religiões ou grupos religiosos, como aparato externo e também como expressões literárias, foram para o espaço. São espasmos patéticos do homem em busca de referências. Na mesma linha das pregações sinceras e ridículas do Cavaleiro da Triste Figura.

Alguns temas são eternos. Paixão, por exemplo. A Iaci é a nossa Dulcineia. Pelo menos para mim. A paixão quixotesca é a bússola do amor romântico. Ela é uma entrega incondicional, uma vassalagem da alma, e, como todo ato de renúncia, uma libertação absoluta do amor. Pode-se arguir que esse amor desprendido, entrega absoluta, não mais existe, é um esqueleto num armário de casa mal-assombrada.

O amor quixotesco nos liberta da tirania sexual, ou seja, o desejo de desfrutar de todas as mulheres, comer todo mundo. Para ele só existiu Dulcineia, o resto é paisagem. Para mim, cada vez mais, só existe a Iaci. Não é que não as deseje todas, e a toda hora, e a cada minuto, e a cada segundo, mas há, cada vez mais, uma convicção interna de que o diabo dessa mulher veio para ficar. E o que é mais trágico, igualzinho à paixão do Cavaleiro da Triste Figura: Iaci ignora solenemente minhas propostas. Virei aquele cachorro velho da fazenda, que diante do visitante já não mais late, e também é ignorado, tornou-se invisível, não ameaça ninguém, não significa nenhum fato novo. Não é bem que me ignore; minha figurinha não bate nela, não repercute, não toca suas emoções. Não bate no seu grelo. E como incomoda.

Mas, para mim, trata-se de uma paixão que se basta em si mesma. Como ela reage é um problema dela. Foda-se ela, que não sou donzela. Vivo, portanto, um amor de cavalaria. Logo, nada mais sou que uma expressão atrasada do Cavaleiro da Triste Figura — no que tem de ridículo, e não de sublime. Desconfio que ela também perca alguma coisa. Talvez perca o amor, no mínimo o desejo derramado, a vontade de alguém desfrutá-la assim como quem zera a vida, se entregando todo, querendo se embrenhar nas estranhas de seus mistérios, mergulhar em seu corpo, entrar e sair aos gritos, pedindo licença, ou vezes outras atrevidamente, sem pedir licença, coisa alguma, do jeito que as mulheres gostam, fazendo dela a referência maior do mundo, a referência da existência passageira que é a vida, enfim, amando-a como quem sucumbe, vale repetir, igualzinho ao encontro de selvagens no cio, uma onça na primeira estação amorosa e o seu macho deslumbrado, de tal forma celebrada, fazendo de cada parte de sua alma e do templo que a hospeda uma liturgia, uma sagração, um renascimento acompanhado pela claridade de uma noite de lua, que insiste em iluminar a selva inteira na imensidão dos trópicos. Hoje, por sinal, a noite está cinzenta. Merda.

Mas ela finge nada saber, e sequer se interessar. Essa mulher não está à altura dos meus sentimentos, essazinha, penso, carece de sensibilidade mais elevada, não me merece... Ressentimentos de um coração rejeitado, queixumes de um pretendente ridículo. Embrenhados nas estradas poeirentas ou nos rios perdidos, não existe esse leque, esse espectro de opções que nos deixa aturdidos no meio das mulheres. Aqui elas são poucas. E, portanto, por uma questão aritmética, estamos vacinados contra essa insaciável curiosidade de conhecer mulheres que jamais poderemos amar.

* * *

Tivemos notícias de Zé Messias, Luzia e Iaci. Consta que caminham em nossa direção, montando mulas. Hoje bem cedo reli, mais uma vez, a experiência vivida no Seringal Catuaba, através dos olhos de Clara:

"Bediai é um homem incrível porque sua humildade lhe fornece grandeza. Por ser índio, sabe não existir. Mas ele é tão incrível que olha com compreensão essa estupidez civilizada".

A PARTILHA É A SOLUÇÃO

Há uma queixa silenciosa, não revelada, em torno do projeto de visitar o Seringal Catuaba. Os planos de conhecer essa unidade de produção, sua gente, suas relações sociais ruíram diante do episódio da tortura. Marcelo, sabiamente, não pensa assim, no que contou com a adesão do Alfredo. Ele observa que, num curto espaço de dias, fomos testemunhas de situações tão significativas que tudo o que desejávamos ficou em segundo plano. O discurso fascista do Seu Napoleão, a postura oprimida dos seringueiros, os métodos punitivos, tudo nos foi revelado.

O Alfredo, terça-feira, acordou como o bom Diabo gosta:

— A respeito de Clara, devo dizer o seguinte: nossa relação não se esgotou. Está em banho-maria. Vocês só pensam em trepar com ela. De minha parte, tudo bem; prefiro comer uma cesta de abiu com muitos que uma buchada de anta sozinho.

Soltou uma gargalhada mefistofélica e foi cinicamente cheirar a saia de Clara, acercando-se dela marotamente, na popa do barco, dependurando-se pelas bordas da embarcação, ludicamente, ajeitando com as mãos os cabelos brancos sob um vento que parece eterno. Assemelha-se a um primata, no que tem de patético esse animal, pulando de galho em galho, buscando a fêmea no cio, contorcendo-se entre as pernas mancas do barco. Nesse exato instante, parodiando Flaubert, poderíamos afirmar que o mundo de Alfredo — seus desejos, expectativas, sonhos e quimeras — não vai além da circunferência da saia florida de Clara.

* * *

Uma grata surpresa após termos deixado o Seringal Catuaba: o encontro com Zé Messias, Luzia e Iaci. Já nos esperavam no Seringal Remanso há quase uma semana. Esse acontecimento teve aquelas pitadas que tão bem exprimem a alma humana: caloroso nos primeiros momentos e morno mais tarde, mutuamente.

O tempo cronológico é o tempo dos produtivos, dos cartesianos. Muitas coisas haviam se passado. Clara se permitira amar o Alfredo. Será correto o verbo amar nessa oração? Uma tragédia para alguns, digo, nós todos: o Alfredo tivera seu ego gratificado; Marcelo desprezara o Alfredo; o Alemão vivera uma funda cumplicidade com o Bediai, no dia em que ambos foram humilhados pelo seringalista, e assim por diante. E o que acontecera com o Zé Messias, a Luzia e a Iaci? Ninguém sabia.

A inocência acabou

Zé Messias, Luzia e Iaci ocupam, desde o reencontro, o espaço total de nossas curiosidades. Viajaram em mulas durante oito dias, e a pé bateram canelas no espaço de seis. Quatorze dias de caminhada, bebendo pouquíssima água, cuidando dos pés e comendo carne de macaco com farinha. Iaci revela em sua alma as preocupações de uma mulher sensível.

Ela desconfia que a viagem se esgotou. Está arredia, recolhida, com saudades antecipadas.

— Nasci numa beira de rio mas estudei em Belém. Cheguei a cursar o clássico e desisti da faculdade.

— Você conhece Graciliano, Machado, não ignora as obras de Camus, Balzac, Eça...

— O que está em jogo na Amazônia é a sobrevivência física de seus habitantes. A luta é pelo privilégio de permanecer vivo.

— Lévi-Strauss adverte que nos trópicos se corre o risco de sairmos da barbárie direto para a decadência, sem conhecer a civilização —, alguém lembra com descaso.

— Minha cota de natureza está saturada. Minha expectativa, ao deixar a região, não é a busca do verde...

— Há meses e você sem nenhuma relação. Clara, parece-me, tem investido em sua direção! (Omiti conhecer o diário de Clara).

— Por mais que seja curiosa, não passo de um bicho do mato. Uma caipira de beira de rio...

— Há inocência, o que a distancia das urbanas.
— Inocente? Sou encucada. Vejo vocês empavonados. A recíproca também é verdadeira, só que existe um dado a nosso favor. Somos três mulheres desejadas por seis homens.
— Segundo sua aritmética, o Esperança viaja com muita gente, já que não devemos excluir o Comandante.
— O que terá me levado a esquecê-lo?
— A indiferença que nutre por vocês.
— Acha que não somos pro bico dele. Mas pode estar enganado.
— Concordo — digo com firmeza.
— O Marcelo pensa em escrever um livro...
— Todo idiota, ao viver uma experiência bisonha, logo se propõe a escrever um livro.
— Não seja cruel.
— Essa viagem jamais se apagará...
— Espero estar incluído no pacote de suas lembranças. Nos últimos meses dei adeus às expectativas.
— ?
— Mesmo que nunca me aceite, que esconda por delicadeza sua absoluta falta de desejo à minha figurinha, que chegue a ter asco sexual, digo, sem afetação, que nunca estive tão bem, tão à vontade com uma mulher. E mais: jamais será amada, por homem nenhum, como agora a estou amando!...
— Quase diria retórica, mas prefiro o "nada a declarar"! – diz melancolicamente Iaci.

...HÁ LUCIDEZ NA LOUCURA?

— O início da loucura aconteceu no dia em que o Brisa enrabou o porquinho – interrompo.

— Se um cachorro enraba — diz Iaci, sadicamente — em plena agonia um porco, tudo o mais é possível. Aquele porquinho humilhado é uma metáfora, sim...

— Não exagera...

— Quando disser na cidade que a conheci, ninguém vai acreditar.

— Lá vem o folclore...!

Chega o Marcelo e cerra com as mãos os olhos dela.

— Marcelo?

— Acertou. Essa cumplicidade entre vocês dois pode crescer!

— Por que não se inclui? — pergunta ela.

— Estou embaraçado. Preciso pensar melhor...

* * *

Zé Messias acordou num de seus melhores dias. Jejuando há 48 horas, segundo garantiu, bebeu ao levantar um copo com suas folhas. Almoçamos às três da tarde, e logo depois as redes foram atadas para a sesta pós-refeição. Estávamos sob o embalo da embarcação, do vento permanente, do ruído letárgico do motor, quando o Zé decide "ir fundo, contar pros amigos pedaços da minha vida besta".

— A luz está me ajudando. Um acontecimento que nunca esqueci, vou tentar relembrar.

— É verdade ou mais um delírio? — corta amavelmente o Werther.

* * *

A partir da segunda metade da década de 1960, a história dessa região coloca e recoloca algumas questões prioritárias:

redução do extrativismo, acumulação, luta pela terra e capital industrial. Há os que a veem como um grande espaço a ser ocupado. Essa visão ignora os habitantes primitivos, os seringueiros, os ribeirinhos, enfim, gente que há séculos, milênios, aqui se encontra.

* * *

Com a chegada de Zé, Luzia e Iaci, a viagem no Esperança tornou-se mais alegre, inclusive com alguns riscos. Decorridos dez dias, é visível que o barco se tornou pequeno; são energias, vibrações distintas, e ontem uma violenta discussão entre o Marcelo e o Comandante serviu para nos mostrar a tensão acumulada.

Ao duvidar que o Comandante fosse capaz de gozar cinco vezes, com uma mesma mulher, numa única noite, fazendo disso uma implicância maior, o Marcelo não imaginara a reação desencadeada:

— Achas que sou veado?

— Acho que exagera. Ou padece de um desequilíbrio orgástico, ou o senhor excede o seu machismo. Entretanto...

— Entretanto um caralho. Desequilibrada é a puta que te pariu, é a tua mãe. Sou macho até debaixo d'água.

Tivemos que interceder, já que o Marcelo terminaria indo à luta física, embora nos primeiros momentos apenas quisesse se divertir com a ignorância e o machismo do Comandante.

À tardinha, na proa do Esperança, ficou acertado que novos caminhos precisavam ser tomados, ou pelo menos abandonar o barco. É muita energia e pouco espaço.

Iaci confessou estar muito só. Todos dormiam, estávamos fundeados numa beira de barranco, a lua nascera a partir das 22 horas, quando veio à minha rede:

— Vai dormir?

Levantei-me e fomos conversar.

— Clara alega que nunca namorou uma mulher e quer experimentar. Eu já experimentei, não gostei, não bateu, e para mim basta.

— Precisaria ser mais narcisa para entrar em briga de aranha.

— É condição necessária?

— Desconfio que sim. Muitas pessoas só após conhecerem a fama, mergulharem no Amazonas do narcisismo, aderem ao roça-roça.

— Curiosa tese...

— O pior é que se trata de uma viagem sem retorno — acredita a Iaci.

A sinfonia do adeus

Ficamos mudos. Ela volta a assobiar, olhando demoradamente para o infinito. Eis que, para minha surpresa, Iaci deixa o barco, cautelosamente. Aproveitou a embarcação fundeada e, de mansinho, caminhou na direção da prancha que conduz à terra, fez a travessia com total equilíbrio, sem nenhum risco de cair, sem se despedir de ninguém, bem à sua maneira, assim como quem vai tomar um café no boteco próximo e logo depois retorna.

Deixou-nos sem ruído, delicadamente; já não está mais conosco, talvez tenha se cansado, nada mais justo, há muito estamos juntos, não nos suportamos mais, chegamos à situação limite; é uma pena ir embora, ela, que é um ponto de referência, todos, absolutamente todos, gostam dela, talvez até a idealizemos, mas sai como chegou, sem barulho, sem empurrar, sem acotovelar ninguém e, certamente, logo, logo se encontrará entre os seus, ela que os tinha deixado e que há tanto tempo se encontrava conosco, que a roubamos, e pensáramos — erroneamente — que não mais nos abandonaria. Ei-la em sua casa, todos saudosos, está à vontade, conta detalhes de tudo o que lhe aconteceu, sua convivência com gente estranha, de fora — todos nós —, de quem foi íntima, às vezes se conflitando, outras gostando, "tudo gente estranha, mãe; mas gente que a senhora adoraria conhecer, porque são diferentes de nós, nem melhores, nem piores, e, curioso, mais confusos, mais confusos que a gente; e você, mano Paulão, com sua maneira de ser e bondade, conquistaria todos se comigo estivesse; não sei não, eles também são maus, invejosos, vivem brigando e parece mais se odiarem que se amarem, mas também não os conheço assim tão de perto; em grupo nunca se conhece ninguém, pensando bem, ninguém conhece ninguém, enfim, terminei amando todos; sim, porque são pessoas diferentes, mas são engraçados, como são engraçados... E depois, Paulão, eles falam, falam e fazem pouco, por exemplo: ameaçam brigar, mas não brigam; ameaçam fazer, mas não fazem; ameaçam chorar, mas não choram; não é como você, como nós, que vamos logo pro pau, pro enfrentamento. São, é verdade, diferentes, mas são gente boa, enxergam muito mais que nós"...

São muitas as saudades acumuladas, mas saberá contar as histórias vividas, justificar o tempo ausente, ela que tão bem sabe a expressão, o verbo adequado, a palavra convincente para tranquilizar uma alma alterada, o adjetivo próprio para recuperar uma autoestima; é visível que está feliz, são seus amigos, familiares, é sua tribo de verdade, sua gente — não somos nós, apenas incidentes em sua passagem pelo mundo, com nossos conflitos, disputas permanentes, nossa guerra intelectual que nunca cessa, sempre a nos colidir, a não relaxar jamais, a polemizar em tudo e por tudo discutir, raro dialogar.

Pergunta pela prima Neuzinha, fica surpresa com a morte do papagaio, queixa-se que andaram mexendo em suas coisas na gaveta do armário de seu quarto, toca suavemente suas camisas e um porta-seios sem uso e, finalmente, passa um pouco de batom nos lábios. Há meses não o fazia; que bom, pensa.

Respira, respira fundo, olha-se no espelho, localiza uma discreta ruga, e o pior, um fio de cabelo branco, que ameaça arrancar, recolher como praga, sai fora peste maldita, mas fica séria, faz uma careta, aproxima-se do espelho novamente, quase cola a ponta do nariz e pisca os olhos sorrindo. Muitas lembranças, e, doidamente, sente-se um fantasma, no meio de fantasmas...

Para de assobiar a sua peça musical. Lentamente tira os olhos das margens do rio que a proa do Esperança vai cortando, devorando, tomo um susto ao revê-la em carne e osso e ela, finalmente, pergunta:

— Quem disse ser o passado irreversível, o futuro imprevisível e o presente insuficiente?

— Não sei... Não quero saber — respondo de mau-humor; sentira muito sua falta, temi perdê-la. Fico dividido, não sei se a censuro ou se celebro o seu retorno. Sinto uma enorme preguiça. O guaraná liga mas depois dá uma grande leseira. Um bode. Com atraso, atraso de séculos, volto ao mesmo assunto, de forma catatônica, recorrente.

O TEMOR É MAIS CONFIÁVEL QUE O AMOR!...

— Na vida não existem amizades, existem interesses ou temor. A virtude nada mais é que o véu dissimulado do egoísmo. Para ser amado você precisa ser temido, no mínimo é mais seguro. Elementar, pelo menos a Maquiavel.

— O amor é volúvel — ela observa — mas o medo não. O medo é mais consistente, mais duradouro, diga-se, portanto, confiável. Como acreditar na paixão se ela é absolutamente volátil?

* * *

— Só nos resta a utopia — garante, eufórico, o Alfredo. "A utopia não é o retrato do mundo real e nem da ordem social e política dominante". Cassirer, novamente Cassirer.

— Escapismo. Você está autocentrado demais para se preocupar com o destino da humanidade — diz Clara. Eu já dormi com você, portanto conheço tua alma.

— Já não basta o abandono... — ele registra.

* * *

Houve um momento em nossa história — República Velha — em que o poder foi partilhado entre mineiros e paulistas. Agora, nestes anos 70, estamos alternando generais por generais. Saiu o Castelo, entrou o Costa e Silva. No lugar deste entrou o Médici, que agora dá lugar ao Geisel. É general demais num céu sem estrelas.

A Arena acabou de ser esmagada nas urnas pela oposição. Surge uma nova safra de políticos, gerando grandes expectativas. Quércia, Itamar Franco, por exemplo. Expectativas no rodízio café-com-leite. Sei não, mais parecem dois caipiras de bom tamanho, eleitos por dois estados não menos Jeca Tatu. Mas seja o que Deus quiser.

— Nasci numa "colocação". Meus pais eram cearenses. Quero contar um caso: mamei em cobra! — Silêncio geral. Zé percebe o impacto, e tira partido permanecendo calado. Saboreia o efeito, dá um tempo.

— Meu pai era seringueiro, minha mãe tomava conta da casa e cuidava um pouco da roça. Tudo ia bem, mas ela deu de emagrecer; eu também, que tinha apenas dois ou três anos. Quando nos fins de semana visitávamos o "Barracão", vinham as pilhérias: "Oh, homem, tá fazendo o quê com tua mulher? Tá mais magra que jaguatirica desmamada". As coisas foram se complicando, e eu, por meu lado, também ficando raquítico, embora continuasse mamando sem parar. Tinha um seringueiro metido a enfermeiro que examinou minha mãe. Tomou todo tipo de remédio: Emulsão de Scott, Biotônico Fontoura e uma infinidade de ervas. Já pesava 48 quilos, ela que antes, segundo contam, era uma pessoa bem robusta. Eu parecia varinha de taboca, gripado sempre, nariz escorrendo e correndo o risco de morrer.

— Durou quanto?

— Ah, isso se arrastou por meses. Até que alguém falou: tem coisa esquisita. Foi aí que decidiram ficar de vigília, durante a noite, vendo se surgia alguma coisa, alma penada, que explicasse. Um casal, compadre de meus pais, decidiu ficar dormindo em nossa "colocação". Primeira noite, nada. Segunda noite, nada. Agora, prestem atenção: na terceira, de madrugada, o casal ouviu um ruído estranho. Minha mãe começou a se mexer na cama, e eu chorei um pouco. No início pensaram que meus pais estavam trepando, e preferiram não bisbilhotar. Voltei a chorar. Decidiram ir ver o que se passava. Deram de cara com uma baita cobra, a famosa papa-ovo, mamando num dos peitos da velha, enquanto eu me iludia com a ponta do rabo. Deram o berro, a maldita tentou fugir mas foi morta a cacete na cozinha, antes de ganhar o mato.

Iaci levantou-se, espreguiçou-se, assobiou sua canção predileta, e confidenciou:

— Preciso amar. Nem que seja por apenas um dia, uma hora. Dizem que uma mulher resolvida sexualmente, amando todos os dias, tem apenas 18 segundos de orgasmo por semana. Não quero nada além...

E caminhou assobiando em direção à popa do Esperança.

* * *

No dia seguinte Zé Messias estava mudado.

— Essa história é folclórica — intercede o Marcelo.

— Pouco importa. O que conta é que está viva dentro dele.

E, no entanto, apesar de nossas ilações idiotas e perversas, o Zé Messias, tudo fazia crer, estava lavando a alma. A sabedoria ensina que visita é igual a peixe: depois do terceiro dia começa a produzir mau cheiro. Imaginemos um grupo confinado dentro de um barco! Dias, semanas, meses; é a eternidade dos infernos, aquela que nos ensinaram nas aulas de catecismo. Ninguém se suporta mais. Uma boa lição: a natureza nos deu dois olhos, dois ouvidos e apenas uma boca. Portanto, a boa política, na qual não se vê graça mais em ninguém, é bico fechado. Passarinho na muda não canta!

Vida da peste

— Quem não cortou seringa? — pergunta Zé Messias — Eita vida estropiada. Acordava às 3 horas da madruga e iniciava os preparativos para percorrer as *estradas* — percurso das seringueiras — onde se recolhe o leite pra feitura da *pela* de borracha. Afiava as facas, preparava o *jamaxim* — mochila indígena — e municiava a espingarda. Às 5 horas da manhã, com a selva clareando e depois do desjejum com café forte, tinindo, e farofa de macaco guariba, seguia rumo às 200, 300 árvores das *estradas*. Às 14 horas, após ter andado, na verdade corrido, 7 a 10 quilômetros, transpondo trechos inundados, chuvas, sob a ameaça de cobras venenosas, índios brabos e onças traiçoeiras, parava por alguns instantes. Hora da boia.

— Começa a defumação da *pela* da borracha. Às 20 horas, ou mais tardar às 21, terminamos o serviço. A defumação leva à cegueira. O sujeito que chega aos 40 anos enxergando um rabo de saia a uma distância de 10, 20 metros, que se dê por feliz. Vezes há em que tudo isso acaba antes: uma picada de cobra, de mosquito ou uma traiçoeira flechada de índio. Mas ficam os filhos para continuar essa doideira que já dura mais de cem anos.

* * *

Há dois dias fundeamos numa vila sem nome. O motor do Esperança enguiçou, e estamos naquela pasmaceira, nada temos a fazer, e a conversa esgotou-se. Dorme-se, come-se. Zé, Bediai e Alfredo bebem regularmente; Iaci, Luzia e Clara eventualmente conversam, e o resto é exorcizar a pasmaceira.

O Alemão, seguindo as pegadas do Bediai e do Zé Messias, decidiu também ir caçar.

— Pato selvagem — informaram Bediai e Zé Messias. Estamos fartos de peixe, arroz e farinha.

— Uma violência — digo.

— Não seja ridículo — pondera a Clara. Não vão caçar por sadismo.

* * *

— Colibri. Eis o nome desse lugarejo de merda — informa Marcelo, lendo uma indicação distante.

Decidimos visitá-lo. Uma lição vai sendo mostrada: não são somente a motosserra, as queimadas, a sinuca e o templo evangélico que pontuam os anos 70 por aqui. Acrescentem-se as balas, os doces, os enlatados, os cigarros, as bebidas alcoólicas, tudo procedente do Centro-Sul, da civilização...

— Após a *atração*, o primeiro *contato* com uma tribo indígena se inicia na dependência química desse lixo. Em troca os índios nos dão mel, frutas, cerâmicas e peças de sua arte plumária — pontifica o Alfredo.

Nenhuma desatenção é impune

O Alemão entra numa birosca da Vila Colibri com dois imensos patos selvagens. Ele, Bediai e Zé Messias revelam no rosto preocupação. Luzia pressente e nos faz sinal com os olhos. Então nos despedimos e prometemos retornar mais tarde.

— Retornem. A casa é pobre, mas tem cafezinho pra gente de Deus.

— O que se passa?

— O dono do Catuaba, o Seu Napoleão, está atrás da gente. E se faz acompanhar de bate-paus do Exército.

— Não fizemos nada...

— Ele nos entregou...
— Dedo-duro safado...
— Melhor evitá-los, com urgência!

* * *

Uma boa nova ao retornarmos ao Esperança: poderíamos prosseguir viagem no dia seguinte. O pino quebrado, razão do enguiço, fora substituído por uma peça recuperada na Vila. A notícia trouxe alegria. Devolveu-nos um elo: fugir o mais rápido possível de um encontro nada desejado. Essa ameaça produzia uma aliança, fazia o grupo girar numa mesma perspectiva, lançava as energias numa única direção. A crise, a situação de conflito, tem essa prerrogativa, torna as pessoas mais próximas.

É a partir da catástrofe geral que ocorrem as alianças, a confluência privada. O niilismo da Iaci está de vento em popa. O perigo de um encontro com a repressão nos unia e não adiantava estigmatizar o mais ameaçado; todos corriam riscos. E que riscos. Minha primeira decisão foi queimar este diário. Desisti. Ao anúncio de chegada das tropas eu o jogo nas águas do rio. Bom destino, em nome de um mínimo de autocrítica.

Um grupo de crianças cercava o Esperança, desfrutando os últimos mergulhos numa tarde morna que se despedia. Magros, esqueléticos alguns, absolutamente ágeis todos, outros chupando pirulito e tomando refrigerante em sacos plásticos. Em comum, a mesma miséria: os dentes cariados, os dentes perdidos, numa faixa de 6 a 12 anos. Um dos moradores vai-se chegando, traz uns pastéis de carne de veado e passa uma notícia que nos deixa em sobressalto.

— Uma patrulha do Exército esteve aqui. Disseram que os subversivos atacaram a PM, ferindo dois cabos e um sargento. Um foi preso e está sendo interrogado. Deixaram uns cartazes.

Vimos, perplexos, o retrato de Tigre entre os procurados. Olho o rosto do Alfredo e ele permanece estatelado. Luzia e Clara percebem a reação e nos chamam à popa do Esperança. Acertamos que arranjaríamos uma desculpa qualquer para viajar à noite, urgente. O morador continua explicando que um dos chefes da patrulha garantiu que "este aqui é o 'cabeça', apontou para o cartaz, o codinome dele é Tigre".

À noite, apanhamos duas lanternas e, alegando uma visita à Vila, lá fomos nós: Alfredo, Clara, Luzia e Werther. Fizemos uma parada rápida na casa de um morador e ocupamos uma rampa que revela, nas noites de lua, um visual belíssimo do rio, a montante da Vila. A Iaci fez questão de permanecer no Esperança. As razões, sabe Deus... Ela esconde, mas é quem se encontra mais tensa. Decidimos partir cedo, de madrugada, e que nada revelaríamos ao Comandante. O Alemão mostra-se nervoso, embora tudo faça para manter certo equilíbrio.

*   *   *

Deixamos a Vila antes de o sol nascer. Foi servido café forte com rapadura ralada, acompanhado de macaxeira. Comida da melhor qualidade. O café nos deixa elétricos — a cafeína é uma droga fulminante, equivale a uma fileira de cocaína — e a macaxeira é carboidrato puro. Energia para levantar burro atolado! Iaci decidiu permanecer em jejum. Uma neblina cinzenta nos impede de divisar as margens do rio.

O Esperança vai rasgando as águas, formando ondas que se vão diluindo, num mesmo ritmo, até desaparecerem. Atrás, na popa, o volume é muito maior. O barco varando o rio, a luz do sol já se fazendo presente, vemos à distância os primeiros e tímidos raios. Temos consciência de que estamos no coração da derradeira mancha de selva, do que sobrou. Mancha porque, comparada com o tamanho da terra, a mata aqui não tem fim. O vento, ajudado pelo deslocamento do barco, é frio, muito frio, obrigando a nos protegermos com mais roupas. As noites são sempre assim, principalmente no interior dos rios, agravadas pela selva que nos cerca, que nos sepulta.

A porra da erudição

Se você é um leitor, ou leitora metida a besta, sofisticada, se já leu Xavier de Maistre, Sterne, Fielding, esses ingleses instigantes, que tão bem souberam conversar com suas avós, ou então acha, no que tem toda razão, que estamos querendo revelar erudição pedante, ou se nunca os leu mas não conseguiu até agora largar o diabo desses registros, fique tranquilo. Este é um diário impressionista, pelo menos até agora. Quem sabe se mais para frente não choverão reviravoltas, com tiros, explosões, lutas, barcos colidindo, tropas se enfrentando, guerrilheiro emitindo gritos em nome da liberdade. Não custa esperar para ver.

*   *   *

A alegria é geral. O Comandante está loquaz. Ele e o Marcelo vivem uma lua de mel, batem nas costas mutuamente, riem, pegam na bunda um do outro, apalpam, correm, troçam-se. Depois da borrasca, a calmaria. O Alemão é o mais eufórico, irrequieto; garantiu que iniciaria "um grande jejum. Quero retornar com uns dez quilos a menos".

Sempre a porra da preocupação da engorda. Bediai mantém a dignidade de sempre, vive na sua. Participa, mas preserva aquela dignidade que só ele sabe cultivar. Distante e ao mesmo tempo presente. Estamos em festa. Ninguém mais fala em se separar. A Iaci aos gritos, na popa da lancha, muito feliz, indaga:

— Quem pensa agora em se mandar? Quem é o bunda mole?

— Viva a utopia, viva a utopia! — corta o Alfredo. — Entre nós e o inferno, ou o céu, nada mais há senão a vida que de todas as coisas é a mais frágil.

— Lindo — confessa deslumbrada a Iaci. Voltamos a sentir cheiro de enxofre.

Depois da calmaria, do tédio, do nada, o encontro, a vida enfim. O Esperança vai singrando o rio, para onde ninguém, agora, quer absolutamente saber. Os raios de sol invadiram as barrancas, os peixes saltam, de instante a instante, à nossa frente, furando as águas, furando o ar, anunciando suas existências, quem sabe assustados. Lá vamos nós.

* * *

Há dias ocorreu um fato curioso; tocou-nos fundo. Havíamos almoçado, decidíramos, alguns, atar suas redes, desfrutando do enlevo da brisa após a refeição, quando Luzia nos chamou.

— Gosto de vocês, mas não tenho sido sincera!... Tenho uma filha de 11 anos, que quase abortei.

Sem nos olhar, ela prossegue:

— Tinha 17 anos, engravidei, morava com meus pais, mas é história longa, nem sei se vale a pena... Quando engravidei, decidi abortar. Eu e o meu namorado, um seringueiro simples, uma alma de Deus. Ele não queria, tinha condições de montar casa, essas coisas. Costumava dizer: "Luzia, Deus não perdoará. Tem cabimento a gente fazer isso?" Falava com tanta sinceridade que até incomodava. Passei a ter implicância, a achar que era bronco, a implicar com seu modo de comer, suas gargalhadas, e assim por diante. Era o primeiro homem que me engravidava e eu reagir assim? Tudo nele me incomodava.

— Decidiram fazer o aborto? — pergunta, visivelmente ansiosa, a Iaci, e logo depois pede desculpas.

— Fiquei buchuda, passei a andar cheia de cintas, amarrada, até que enfim acertamos com a parteira. Inventamos para os meus pais uma visita à família dele, com a ajuda de uma irmã mais velha que foi com a gente. Não foi simples, a mulher era apenas uma parteira, perdi sangue, desfaleci. Fiquei dois dias entre a vida e a hemorragia, e o aborto foi feito.

Luzia pede um cigarro. Esquecera que não fumamos. Levanta-se, devagarinho, vai à proa, fala com o Comandante e retorna com um cigarro de palha e uma caixa de fósforos. A tripulação dorme, descansa ou medita. Cá estamos, imprensados entre as duas margens do rio, dentro de um barco sem destino.

— Um mês e tudo estava normalizado. Tinha perdido sangue, a mãe ficou desconfiada, eu não quis mais saber do namorado. Parecia... Depois a coisa se complicou. Era estranho o atraso do meu paquete, mas a parteira explicou que isso "era normal, tinha sido difícil", enfim, essas coisas. Com seis meses de buchuda, a barriga não podia mais ser escondida. De início foi um pânico. Depois a dor de consciência. Não havíamos conseguido...! Ela queria nascer, de qualquer forma!

— E o que aconteceu?

— Ritinha?

— ?

— Está mais viva que as águas deste rio. Mora com minha mãe. Ela não me perdoará nunca, desconfio. A presença dela é uma coisa forte, boa, mas é também uma coisa ruim, que pesa.

GARÇA SEM ASAS

FEVEREIRO DE 1975

Uma garça, branca, lenta, bela, nos acompanha. Então me ponho a pensar ao ritmo do barco. Lembrar o Bruxo, esse cirurgião da alma humana: "Grande sabedoria é inventar um pássaro sem asas, descrevê-lo, fazê-lo ver a todos, e acabar acreditando que não há pássaros com asas..."

* * *

O barco empreende, a partir de hoje, a viagem de retorno aos rios do vale do Abunã, um dos formadores do Madeira, na fronteira da Bolívia com o Brasil. Está acertado que o grupo, exceto o Comandante e o maquinista, abandonará o barco. A viagem agora será a pé ou de mula, pelo menos uns dois meses, nos varadouros e picadas da selva. Talvez seja o último trecho da expedição. É hora, portanto, de a onça beber água. Vamos mergulhar nas entranhas da selva, é o que esperamos, entrar em contato com o povo que vive no interior dos seringais, das matas, e quem sabe penetrar num território indígena! Rios e estradas, já provamos; nossa cota nessas duas vertentes já se esgotou. Falta agora o testemunho da selva e seus mistérios. Embora a testemunha, ensina o direito penal, seja quase sempre a prostituta das provas.

* * *

O Comandante, por pressentir que a viagem vive os seus últimos dias, tornou-se comunicativo. Amável, brinca com regularidade, o que não acontecia anteriormente. Por outro lado, vai nos subsidiando com informações preciosas, aprendidas ao longo de uma vida que nada mais tem sido senão varar rios, percorrê-los dia e noite, conhecer suas armadilhas, decifrá-las, escapar dos temporais, das ameaças constantes de naufrágio, evitar motins, serenar a cabeça dos tripulantes e passageiros.

A loquacidade do Comandante é extremamente curiosa. Ao saber que vamos nos separar, se propõe a resgatar o que houve. Narrará em família, com os amigos, na roda de uma mesa de bar, sob os efeitos da cachaça com quinado, suas histórias, tudo o que aconteceu. Comentará, registrará fatos, omitirá outros, exagerando aqui, acolá. O seu arranca-rabo com o inimigo de ontem e o amigo incondicional de hoje, Marcelo, vai merecer tratamento especial, certamente, onde pontificará como o mocinho dos rios, o lobo do grande vale, que esmagou o dragão da maldade urbana, com seus olhos de fogo civilizatórios. Amansou-o, dobrou o homem pelo meio. Em nenhum desses episódios deixará de ser o santo guerreiro.

Nessas sagas emergirão saudades. E reproduzirá nós todos, nessa universal mania de não viver o presente, mas resgatá-lo generosamente enquanto passado, nos apropriando sempre de papéis heroicos. Enquanto presente, as situações são delicadas. Não temos distanciamento. Depois que passam, nos envolvemos, as redimensionamos, anunciamos os eventuais sucessos. Aliás, quase sempre os sucessos.

— A bacia do Amazonas tem uma rede fluvial com 50 mil km de extensão. Por que não fazer uso dessas vias? — pergunta o Comandante.

— É preciso substituir — pergunta o Werther, limpando a barriga do peixe — essas estradas naturais, que não derrubam a selva, não exterminam a fauna, por rodovias?

— E o Muro?

— O Muro que se foda — corta o Werther.

— Antes que eu bata as botas, as fazendas vão transformar essa selva em cinzas. Vão incendiar tudo.

— Abandonar os rios é uma aberração, podemos denunciar!...

— Adoro as pessoas otimistas, revoltadas. Que seria do mundo sem vocês? A esperança é a vitamina dos crédulos. Só a desgraça nos une. Sem o medo comum, a dor comum, continuaremos cada vez mais sós — pontua a Iaci.

DESPEDIR PODE SER "ADEUS"

MARÇO DE 1975

Estamos no vale do Chipamano, um dos formadores do Abunã, na selva boliviana, no cone Norte da América do Sul. Essas terras, por pouco, não pertencem ao Brasil. No final do século passado, o Acre, território boliviano e peruano, foi anexado, no grito, ao Brasil. Não houve despedida. Tivemos o bom senso de evitá-la. Largamos o Esperança em frente ao barracão do Seringal Potossi. No barco ficaram o Comandante, Clara, Luzia e o maquinista. Ah, o maquinista. Marcelo garante que será um personagem do seu livro.

— É mudo, mas percebe tudo. Talvez por isso mesmo. Sozinho no mundo, sem família, foi, para mim, a figura mais forte de toda a viagem no barco. O maquinista continua sem nome. Forte, recolhido, quem sabe 40 anos, só agora vai crescendo em nossas lembranças.

O gerente do Potossi, Amadeu Rosas, recebeu-nos cavalheirescamente; bebemos cachaça, falamos de amenidades, comemos uma farofa de ovos caipira, e apenas Luzia, a doce Luzia, pediu a cada um "uma prenda qualquer. Qualquer lembrancinha, gente".

E ficamos acompanhando Luzia recolhendo trastes surrados, meias velhas, canetas e até mesmo um sapato gasto do Alemão.

— Não façam caçoadas de mim, não!

— Mas o sapato do Alemão vai ser estranho. Como explicar um amigo com o pé de gorila?

— Ah, paz, gente!

E lá vai ela, recolhendo lembranças, restos descartados de cada um de nós. De mim, deixei uma foto recente, tirada, sem que soubesse, no dia em que dormi com uma mulher desconhecida, na passagem do Ano-Novo. Uma adolescente vizinha, que ganhara uma máquina fotográfica de Natal, experimentava-a quando nos surpreendeu procurando um táxi. A moça, da qual tenho pálida memória, exibia um olhar perplexo e assustado, resultado, quem sabe, de ter sido acordada quando ainda dominada pelo sono. Não fora a foto, certamente os detalhes de seu rosto já teriam se diluído, se apagado na memória, que nada fez para selecioná-la. Uma cópia ficara em minha casa, em São Paulo; a outra, na mesma sequência, sabe Deus por quê, trouxe comigo nessa viagem.

Nada mais tinha a oferecer a Luzia senão esse fugaz instante, por sinal desalentado. Dele nada ficou senão fragmentos, tênues imagens de uma noite sem sentido, numa cidade grande. Disse: — Eis uma foto, se é que existe algo que mereça ser lembrado nessa alma que vos fala, boa Luzia.

Um lenço grande, colorido, de algodão vagabundo, foi transformado em trouxa, e lá se foi Luzia, com os olhos vermelhos, emocionada, após conversar silenciosamente com Zé Messias, em direção ao Esperança. Não se beijaram. Não se faz isso por aqui em público. Apenas se abraçaram, reproduzindo a maneira contida das pessoas, principalmente a rigidez dos homens. Zé não revelou nenhuma dor, nenhuma perda, e o seu rosto parecia uma máscara de bronze. A última imagem, que ficou, foi ele a descer o barranco que leva ao rio, chutando suavemente uma tampinha de garrafa de Coca-Cola, assim como quem afasta do caminho um entulho, mecanicamente, sem se envolver.

Nova rodada de cachaça — Cocal — foi servida. Bebemos. Há meses não bebia. Estou sentindo o doce enlevo da bebida barata e vagabunda. Uma sensação de felicidade. Bediai e eu nos abraçamos e trocamos afagos.

— Eita, aborígine amigo. Você e Zé serão bússolas.

— Vamos ver, vamos ver!

Bediai está embriagado. Suas mãos tremem. E tremem também de emoção. Ele vai dizendo que se separar do Comandante, de Clara, Luzia e do maquinista "não é bom".

— Vamos virar pássaros e procurar por eles na selva. Os pássaros nunca se perdem. Às vezes falta força para atravessar um rio largo. O Madeira, por exemplo. Com o tucano é assim. Tem bico grande, começa voando alto, e na travessia perde altura. Suas asas não suportam o peso do bico longo. Termina se cansando, caindo na água, e, logo depois, é devorado pelas piranhas.

— Caramba! Somos todos pássaros de asas frágeis?

— Eu também — diz ele, emocionado.

Enfim, a barbárie

Estamos viajando, no meio da selva, há mais de vinte dias, quem sabe com precisão?!... Uma mula, que nos foi cedida a preço de banana, fugiu na primeira semana. Acreditávamos ter feito um grande negócio. Idiotas é o que somos todos. Animal vagabundo. Praga dos infernos. Levou na cangalha, numa corrida enfurecida, alimentos preciosos: sal, leite condensado, arroz, farinha, o inestimável arroz integral, açúcar, cachaça, afora faca, panelas, colheres. Um golpe no fígado de nossas provisões.

O que torna possível, sabemos agora, uma expedição, no meio da selva, é — nada mais, nada menos — a caça. A pesca num grau bem menor. Podemos imaginar como era o homem de ontem, o homem das cavernas, das árvores, enfim, as primeiras formações sociais e sua sobrevivência: caça e pesca. Numa expedição assim, retornamos às formações nômades, retornamos à barbárie, à idade da pedra. E não adianta chorar. Aqui é onde o filho chora e a mãe não ouve.

Iaci lembrou Guevara dizendo ter sido preso na Quebrada de Yuro, distante meia hora do povoado La Higuera, onde o Diabo se esconde, nas Cordilheiras da Bolívia. Estivemos perto, só que as condições de sobrevivência locais, onde foi fuzilado, são mil vezes piores que a nossa. Aqui, disse ela, temos de tudo: peixes, caças, frutas, raízes. Lá não existe nada, nem água. Suicídio puro. Quem sabe as razões que o levaram a tamanha loucura? Ele fez um diário. Um dia revelado, poderemos saber...

— Bom, os americanos vão levar cinquenta anos pra mostrar — garante o Alemão.

Arroz integral "é frescura", diz o Zé. O que conta para os nativos — Bediai, Iaci, Zé Messias — é farinha. Farinha de mandioca. A caça e a pesca nada valem para essa gente sem a insubstituível farinha, farinha branca, carboidrato puro, complementando as duas iguarias de resistência. Sempre que posso fico fora! O que perdemos aqui, e muito, é sal. As caminhadas têm início às 4, 5 horas da madruga, e se estendem pelo dia todo. E tome suor! Expostas à umidade, as roupas ficam petrificadas de tanto sal exalado de nossos corpos.

Nada sabemos

Qual a razão da fuga do diabo da mula? Quem vai saber! A gente nunca sabe de nada, segundo a teoria da Iaci. Talvez a iminência de perigo, a inhaca trazida pelo vento de uma onça no cio, com o seu bando, ou mesmo a proximidade de uma surucucu, ou pico de jaca. A mula praticou suicídio, já que breve, muito breve, vai se transformar em iguaria de fino trato à voracidade dos felinos que infestam a mata... Mesmo assim tentará a via crucis do retorno, a localização de onde foi retirada por nós. Rogamos sinceramente, aos céus, que tenha êxito. Não só improvável como concretamente impossível.

Lamentamos a fuga e a consequente morte, mas o que mais dói são os alimentos extraviados. Só quem conhece uma expedição na selva, onde um palito de fósforo, uma faca velha, um copo de leite condensado valem por um reino, sabe da gravidade dessa perda. Nenhuma solidariedade coletiva pode medir uma perda pessoal.

Um episódio agravou mais ainda as condições tensas e adversas da expedição. Por pouco o Zé não esfaqueou o Alemão. Tudo por uma ninharia. O gringo está aprendendo, a duras penas, a viver em circunstâncias tão hostis. Não fosse a intervenção rápida, como um felino, do Bediai, Zé o teria esfaqueado. Olhos estatelados, a cara em pânico, ele repetia:

— Bediai, Bediai, não deixa ele fazer isso. Tenho uma filha. Não faça isso, meu irmão.

Zé e Bediai cozinhavam numa panela as últimas porções do feijão, do que sobrara desde a fuga da mula. Os grãos estavam bichados, mas a eles se juntaram pedaços de toucinho e jabá. Os dois recolheram galhos secos, improvisaram um fogo. O panelão cheio de água centralizava as atenções. O dia fora cansativo. Andáramos mais de 6 km, cada um conduzindo, no mínimo, 8 a 10 quilos às costas, sendo que Bediai e Zé pagam um tributo maior. Levam, cada um, em seu jamaxim, cargas de 30 a 35 quilos, senão mais. Não é pouco, é uma monstruosidade; até em condições normais esse peso já assusta.

Imaginemos subir e descer ladeiras penosas, em caminhadas pelo meio da selva, abrindo picadas, açoitados que somos pelas chuvas, terra lamacenta, umidade terrível, sem prejuízo de impertinente calor, e mais as imprevisíveis cobras, escorpiões, sanguessugas, e tudo começando de madrugada, estendendo-se o dia todo, praticamente todo, com curtas paradas para beber num igarapé de águas cristalinas, comer depressa uma farofa de carne de macaco, mas tendo às costas, até as 3, 4 horas da tarde, uma tonelada. E a mosquitada, que não dá trégua?! Não é moleza. Carne de macaco é uma miséria, só tem músculos. Dura de quebrar dente. E o bicho dentro da panela fica igualzinho a uma criança. As mãozinhas, os dedos, tudo igual. Um terror.

A nós outros, caras pálidas, urbanoides, como dondocas de passeata esquerdista, diria o Nélson Rodrigues, cabem mochilas, sim, mas com peso infinitamente menor. Nem assim deixa de ser uma barbaridade. Com três, seis horas de caminhada, esse peso evolui para 100, 200 quilos. Haja coluna, haja dor muscular, haja artrose na cervical, na lombar. Ao montarmos as barracas ou apenas as redes, com a noite adentrando de forma impiedosa, estamos quebrados, moídos. E aí, tudo pode explodir, em termos de emoções. Viramos, ao deitar do sol, farrapos humanos, alquebrados. Iaci é, talvez, o moral mais sólido do bando. O seu princípio é uma máxima controversa.

— Qualquer iniciativa — sentencia — em qualquer projeto, precisamos começar dizendo: nada vai dar certo. Tudo é uma merda, tudo sairá errado.

Ficamos em silêncio, desacreditando.

— Descartamos a expectativa, mãe de todos os fracassos, tornamo-nos humildes e anulamos a frustração do insucesso, sempre iminente. A partir dessa visão, o que acontecer de positivo entra como lucro. Trata-se, portanto, de um sábio pensamento zen.

O homem presta?

Eram 5 horas da tarde, a luz começava a morrer e a passarada, em orquestra, saudava o final do dia. Um bando de macacos passa por cima de nossas cabeças. São mais de trinta, quarenta, quem sabe? Pulam de galho em galho, e percorrem por dia uma extensão de quatro quilômetros, em média. É visível uma liderança única, que vai à frente, recua, retorna, prossegue, avança, indaga, pesquisa, e lá vão eles. Grandes, pequenos, jovens e velhos. Há macaquinhos que viajam às costas da mãe, e não são poucos. Nossa presença os assusta, ficam agitados, nervosos, gritam, sentem que significamos perigo.

Há quatro dias Zé Messias matou um deles e jurou nunca mais fazê-lo. Estavam no alto de uma castanheira e o primeiro tiro acertou o pai, na cabeça, que veio se quedar fuzilado, inerte, praticamente aos nossos pés. Não satisfeito, logo depois atingiu a mãe, que despencou apoiando-se em diferentes galhos, e caiu diante de nós, a uma distância de uns 4 ou 5 metros. O chumbo da espingarda alcançara o seu ventre. Às costas, agarrado ao seu corpo, um macaquinho mínimo, ainda na primeira infância, acompanhou-a nessa descida, de 30 a 40 metros de altura, pontuada pelo desespero e início de agonia. Da mãe. Coisas de filho. E nela permanecia agarrado. Perdera o pai, que jazia morto, a cabeça sangrando, num jirau montado por nós.

A mãe, baleada, com as vísceras expostas, olhava para Zé Messias em pânico, olhava para nós como a pedir clemência. O macaquinho guinchava, colado ao corpo da macaca, e ela, com as duas mãos, colocava e recolocava as vísceras, que insistiam em cair, olhando nos olhos do Zé, olhando nos olhos de nós todos. Perdera o companheiro, ela própria começava a se perder ali, no meio da selva, seu mundo, já sem família, já sem seu bando, tendo por único cúmplice um filho menor, um bebê, que nada parecia entender. Nem ela. Cansada, baleada, perdendo sangue, encosta-se a um tronco, senta-se, e lentamente volta a recolher suas vísceras. A agonia é imensa, mas a lucidez teima em resistir. Iaci pede a Zé Messias que "acabe logo com isso".

— Não consigo, Iaci, não consigo!

Cansada, exaurida, ela sente os dedos das mãos do filho cravados em seu corpo, dedos que parecem dentes afiados de uma jaguatirica; a seus olhos nada mais existe que possa ser divisado com clareza. A morte, com tudo que tem de indecifrável, já se lhe invadiu, agora restam apenas lembranças, cálidas lembranças, os saltos ousados, as brigas permanentes do grupo, a sempre viva figura do companheiro. Os próprios filhos — e eles foram tantos ao longo de sua vida — são imagens distantes, desfiguradas, quase apagadas, tênues memórias. Os dedos do filho agora, unhas gigantes, cortando seu corpo, esmigalhando sua carne. Sente uma grande ardência, tanto na garganta como em seu ventre. Fica sem entender como seu último filho querido ficou assim tão perverso, tão cruel. A ardência na garganta se acentua. Os olhos viram neblina, tudo cinza, semiescuro, enxergar já não pode, nem mesmo consegue censurar sua cria, mandar que pare...

Bediai decide intervir, e o faz com a rapidez conhecida. Retira o macaquinho das costas da mãe, pede para Iaci segurá-lo, e com uma única paulada cessa o martírio da mãe baleada. Essa foi pelo menos uma "solução" para nós. Aborrecido, molestado, Zé retoma o silêncio.

O bando de primatas que corta o céu da tarde nos traz de volta o episódio, e um silêncio abafado vai nos devorando, nos enlouquecendo. O panelão ferve e o Alemão continua dando palpites, cortando a sinfonia dos pássaros, insetos, sapos e rãs de fim de uma tarde qualquer. Bediai e Zé trabalham, calados, mantêm o fogo aceso, limpam o terreno para instalação de uma pequena barraca, orientam, ajudam a atar uma rede, exercem uma liderança incontestável. Iaci os acompanha, revelando as duas faces de uma mulher porreta: lida com a natureza com a mesma desenvoltura com que se sensibiliza com as sutilezas do voo de uma borboleta negra.

...HÁ POLÊMICA

Um sentimento irrefreável vai me invadindo. Cada vez mais a contemplo, envolvo-me com sua maneira de ser, seu niilismo. Vejo também que a beleza resulta da receptividade. Não me envolvi por ser ela interessante. Mais que isso, ela é interessante porque me encontro aberto para ela. Não é segredo nenhum, nem mesmo pra mim, que a Iaci não é flor pro meu bico. É canoa grande demais para o meu remo. Posso significar até algumas coisas, nenhuma certamente que passe pelo crivo do seu desejo. E como dói.

A matéria-prima dos sonhos, vamos repetir e acreditar nessa hipótese, seria o desejo. E os sonhos nos abrem janelas para as dobras escondidas de nossa alma, para os desejos mais camuflados. Desconfio que a Iaci não sonha. E se o faz é traída pela memória, ou os apaga inconscientemente. Tenho sonhado acordado diante dela, tenho sonhado dormindo, onde emerge toda a geografia de meus desejos, onde exponho meus sentimentos mais invisíveis. E, se mais não fosse, bastaria o olhar, que diz tudo e não consegue esconder nada. Ela, contudo, teima em permanecer de olhos fechados aos meus sentimentos. Há, e não vai aí nenhuma fantasia, algumas identidades. Nenhuma, o que é uma pena, senão uma tragédia, que signifique troca afetiva, sexual.

Vamos admitir a existência de certa tragédia, sim, no desengano amoroso. Tragédia pessoal, banal por se repetir há milênios, mas tragédia. Tudo vira uma miséria. Sei, mais que ninguém, que ela nada deseja, junto a mim, que signifique, repito, libido, relação amorosa, sequer uma pequena recaída num momento de carência, uma entrega por compaixão, gesto não raro na alma eventualmente generosa de uma mulher. Nem assim deixo de me agarrar a migalhas. Basta um olhar, uma frase dúbia, ou mesmo o menor toque físico.

Por exemplo, a leitura lúdica das linhas de minha mão, dividir o mesmo pedaço de melancia, beber no mesmo copo o chá de capim santo. Todos esses pequenos episódios, inúteis, corriqueiros, vadios, despidos de quaisquer intenções reais, me nutrem de novas esperanças. Tenho transformado insignificantes cambaxirras em aves de plumagens nobres. É uma miséria. Nessas ocasiões, mais que nunca, a expectativa se transforma na proteína da sensibilidade fragilizada. Um único instante — frações de minutos, segundos — é suficiente para renovar esperanças, resgatar expectativas soterradas. E não adianta a realidade tentar emergir. A fantasia há de ser sempre mais convincente. A realidade não é nada. Talvez nem exista. Uma ilusão.

Um fugidio olhar oblíquo, e ela o emana como somente as mulheres sabem fazê-lo, é o suficiente para renunciar à filosofia do infortúnio, achar positiva a existência da humanidade, ver beleza no pôr do sol, e me derreter todo diante de uma borboleta negra. Em ocasiões assim, Schopenhauer não passa de um velho pessimista, rabugento, que morreu demente, inimigo da mãe, autor de uma filosofia pertinente apenas ao povo alemão.

Zé, que está sem Luzia, sem suas folhas, permanece em silêncio há mais de três dias. Suas únicas cumplicidades são Bediai e Iaci. Werther vive ansioso, só fala em retornar, replica que foi um equívoco essa expedição a pé, alega que os negativos podem ficar comprometidos e o equipamento, lentes principalmente, está sendo corroído pelos fungos. É possível perder tudo o que já filmou. Exagera. Bundão! Quando deixamos o barco, todos os filmes operados foram enviados para São Paulo. O Alemão revela-se ansioso, frágil, dependente. É através dele que conseguimos, eventualmente, nos comunicar: falando mal de seu comportamento. Uma expedição sempre necessita desses bodes expiatórios. Não só uma expedição. Um partido, uma grande família, grupos de pessoas, uma nação. Nenhuma forma de vida, de formação social, pode prescindir de bodes expiatórios. Na selva é essencial.

Na ofensa, a peixeira

— Zé — diz o Alemão rispidamente —, o panelão tá cheio de feijão bichado, vê se limpa isso direito.

Volta a admoestar uma, duas, três vezes o mateiro, que fica em silêncio, como se nada estivesse ouvindo, ou como se a arenga do Alemão nada mais significasse para ele. Em dado momento tudo se reverte. Zé Messias, com um salto, larga a panela e grita:

— Alemão filho da puta, vai dar ordens na puta que te pariu.

Recua uns 2 metros, retira da cintura uma faca e avança em direção ao Werther. A faca é o xodó da região para eliminar um desafeto. O Alemão corre, tropeça, derruba a panela de alumínio, o feijão se espalha, uma fumaça sobe, densa, resultante da água fervendo em contato com o chão úmido, e Zé, com os olhos faiscando, curvado, ágil feito um gato-maracajá, prepara-se para o segundo bote, talvez fatal.

— Que é isso, que é isso, sou seu amigo!

Iaci agarra-se ao corpo de Zé Messias, que num único impulso se desvencilha dela, e nesse exato momento Bediai fica frente a frente com ele, olho no olho um do outro.

— Calma, cumpadre, calma, não podemos fazer isso com um irmão. A gente termina se arrependendo por uma desgraça dessa!

* * *

Alfredo contou-nos mais uma de suas indignidades notórias: apropriou-se do diário de Clara, repetindo o feito do Marcelo. Só falta agora ter-lhe roubado uma calcinha usada. Alegou que assim terá um argumento precioso para voltar a encontrá-la.

Disse que não deterá a privacidade desses escritos; poderemos ter acesso à hora que bem entendermos, confidenciou.

— Até porque, vejam minha grandeza, há passagens que em nada enriquecem minha biografia.

— Que caráter, hein, velho? — critica Marcelo. — Justifica uma indignidade vestindo-a com franjas de seda.

— Conhecem a história do macaco? — pergunta Iaci. — A cutia vivia enchendo o saco dele: "Macaco, fica de olho no teu rabo. Não dá sopa, não. Surgiu um trem-bala no pedaço que tá cortando o rabo de todo mundo. Um dia, quando menos espera, ele passa e corta o teu rabo". O macaco agradecia: "Tá bem, comadre cutia, tá bem, deixa comigo e muito obrigado". Um dia o trem passou, e vejam de quem cortou o rabo, senão da própria cutia! Até hoje a cutia não tem rabo. Olhamos demais para o rabo dos outros, e terminamos nos esquecendo do nosso.

— O que tem essa história com a gente?

— Os dois sabem — e apontou para mim e para o Marcelo. Com que direito denunciam a sua conduta? Foram os primeiros a invadir a intimidade de Clara, lendo o diário, ainda no Esperança.

Clara diz no diário que "dessa vez quem larga o grupo sou eu. Preciso de tempo. A produção exige um *advance*, a fim de escolher e fechar novas locações. Eis uma oportunidade para organizar minha cabeça".

Ninguém é do bem sempre!

Uma incursão que prometia ser sensata, dois meses ou pouco mais, já se estende por tempo inimaginável. Estamos estropiados. Uma expedição num mundo hostil, onde tudo nega a vida civilizada, é um desafio abestado. Longe de ser um convescote de colegiais virgens. Vivemos uma experiência brutal. As brigas são constantes... O teatro que determina a vida civilizada danou-se. O Marcelo ultimamente deu para esconder alimentos. Por duas vezes uma lata de leite condensado desaparece, e não temos a menor dúvida: a proeza tem a sua rubrica. Safado.

O Alemão regrediu ao infinito. Ontem à noite foi dormir se lastimando. Alegou um pressentimento: sua filha estaria doente. Tripudia. É um civilizado no sentido superior da expressão: cristão, alemão, bunda-mole. É o homem do próximo milênio.

Millôr diz que vivemos dois grandes momentos na vida: quando casamos, enfim sós; e quando separamos, enfim só. Nenhuma relação amorosa saudável, acredita Iaci, sobrevive além de três anos. Ela diz: saudável.

— Essa história de rejeição — pontifica o Marcelo — é o tema da década. Quanto maior a repressão política, maior o mergulho no universo do Freud. A miséria de Édipo não foi ter matado o pai e comido a mãe — dois acontecimentos monstruosos na vida de qualquer um —, e sim ter sido abandonado ao nascer. A mais brutal das tragédias de Sófocles, a que se debruça sobre o infeliz rei tebano, cujo nome ficou associado aos dois crimes que maior terror causavam aos gregos do passado, tem como núcleo a rejeição.

— A mim pode ser dado — digo olhando para Iaci — destino mais trágico do que o do filho de Jocasta...

— Uma das formas de não aprofundar nada é recorrer à ironia — afirma serenamente, nos dando as costas e indo lentamente vasculhar o interior de sua mochila. Como de praxe, voltou a assobiar sua peça, sua sinfonia composta com as tintas da indiferença e do tédio.

É TEMPO DE PARANOIA

Bediai garante que estamos sendo seguidos por um grupo de índios. Ele e o Zé vieram a mim e a Iaci confidenciar essa informação, pedindo reservas.

— Vale falar pra eles? Tenho cá minhas dúvidas! O Alemão anda nervoso. Naquele dia fui grosseiro...

— Quase o matou...

E rimos. Iaci começou a reproduzir o jeito do corpo e o olhar alucinado do Zé Messias. Demos gargalhadas. Que bom! O episódio acontecera há semanas e não faláramos sobre ele. Ainda. Desanuviou. Até porque o tempo não apaga nada. O tempo neutraliza.

— Bom — alerta Bediai — que fazemos? Fala ou não?

— O Marcelo já não caga sozinho...

— E tá certo. Daqui pra frente não se pode desgrudar do grupo. Vão atacar individualmente.

— Vamos conviver com uma dupla paranoia. A deles, certamente, mais delicada. Portanto mais tolerância com eles, certo, Zé querido? — Iaci se refere ao restante do grupo.

— Se não ficar de leseira, não atacam — informa Bediai. — Eles temem mais a gente que nós a eles.

— E os três?

— Não podem ignorar essa situação.

Amanhecemos sob o impacto de duras notícias: Brisa sumiu e Marcelo perdeu o diário. Perdas distintas e dolorosas. O diário do Marcelo é um projeto de livro que imagina escrever. E o assunto bem merece um dedo de prosa. Há a oposição de Iaci, que no seu niilismo não pode conceber algo assim. Há a ciumeira do Alfredo, sim, perceptível. Daí para a competição, dissimulada mas existente, basta um olhar mais atento. Werther tem suas cautelas: como será mostrado?; qual a abordagem dispensada ao seu personagem?

Para Luzia, Bediai, Zé e Comandante, todos de infinita generosidade, o livro é algo sagrado, que vai imortalizá-los. Aparecer num livro assinado por gente "de fora", em letras negras, mostrar aos amigos, à família, é algo que distingue e orgulha. No entanto, todos nós, por razões diferentes, acompanhamos o diário do Marcelo. Embora não dito, ninguém, nessa expedição, está indiferente a ele.

Toda fuga tem preço

Há dois dias, pela ameaça de um temporal, tivemos que abandonar às pressas o pequeno *tapiri* onde dormíramos. O local não oferecia segurança, havia árvores de grande porte, muito velhas, e o melhor era não sermos surpreendidos, já que um temporal na selva nada perdoa.

— Deus perdoa sempre. Os homens eventualmente. A natureza nunca — garante a Iaci.

A pressa em largar uma área perigosa, a luminosidade desaparecendo, o local ficando praticamente às trevas, os latidos instintivos do Brisa, percebendo que alguma coisa ruim se anunciava, terminaram explicando o vacilo do Marcelo. Seu diário, seu pequeno caderninho preto, o cofre de seus segredos, perdera-se na saída, às pressas, do acampamento onde ficáramos. Voltar não seria possível. Só restava viver uma perda sem preço. Mesmo que voltássemos, a possibilidade de recuperá-lo seria remota, já que choveu torrencialmente, e torrencialmente aqui não dá para narrar. Uma chuva dessas no Sul seria uma catástrofe sem precedentes. Dilúvio.

Marcelo ficou mudo, sua mochila foi virada pelo avesso. Depois da dor da perda, a fúria. Durante a fuga, fugindo do temporal, terminou sobrando para o Brisa. Com um porrete de maçaranduba, Marcelo atingiu violentamente o nosso fiel companheiro.

— Tá atrapalhando, cachorro filho de uma égua.

E no emaranhado da selva Brisa fugiu ganindo, gritando, arrastando uma perna duramente atingida pela fúria do Marcelo. Logo depois uma intensa escuridão tomou conta de nossa retirada. Ninguém interveio, entendemos sua cólera, mas o Zé esperou que se acalmasse e disse, secamente:

— Não é justo o que você fez com o Brisa.

Não há hipótese definitiva que explique o seu desaparecimento. Espancado, posto para correr pela violência, pelo surto histérico do Marcelo, não mais retornou. Zé acha que foi apanhado por uma onça, no que concorda também o Bediai.

— Machucado — diz Bediai, — com a perna certamente quebrada, a porrada foi grande —, olha para o Marcelo —, virou presa fácil.

— A toda hora a gente encontra rastro de onça — lembra a Iaci.

Marcelo não diz nada, está mudo, e não esconde um grande constrangimento.

— Uma cagada leva à outra. A merda nunca é solitária, nunca vem sozinha. — Essa foi sua única observação.

— Pra vocês tudo é bicho. Abelha, por exemplo, *yara* conhece três ou quatro tipos. E só. Nós conhecemos trinta, quarenta famílias diferentes. Mas vocês vivem falando de abelha, de mel.

Os depoimentos do Bediai, não raro, provocam polêmicas. E, quando acontece, ele vai saindo de mansinho, retira-se a um canto qualquer, às vezes à sua rede. E põe-se a trabalhar seus anéis, colares, suas peças artesanais. E ficamos nós, discutindo acaloradamente, aos berros. Vez por outra olho em sua direção e o vejo, já na órbita de outro planeta, de outra galáxia, fora da gravidade da Terra, protegido das polêmicas civilizadas, vacinado contra as lutas de todos os egos urbanos, conferindo, furando uma peça ali, outra acolá, recompondo-se, imagino, escapando astutamente de debates, barulho e divergências. Nunca nos censura, mas se exclui! Vezes há em que, transcorrendo um clima mais ameno, retorna, e volta a se incluir, e quando isso acontece todos saem lucrando.

— Sabem quem anuncia o dia? É o sabiá-laranjeira. A madrugada ainda escura, e lá está ele soltando o bico. Quando o dia começa a ir embora, o coleirinha aparece, e com o seu canto o fim da tarde fica triste, mais choroso. O sabiá-laranjeira abre e o coleirinha fecha o dia.

— Amanhã, de madrugada, pode me acordar?

— Vê lá, depois vai dizer que tá com sono, Marcelo. Você é da família da coruja...

— Pô, Bediai, podes dar um toque!

O bizarro mundo de Bediai

— Vou contar uma história! Ninguém sabe. Só eu e minha tribo. Fui escolhido pelo meu povo, durante os primeiros contatos com vocês, para ser "sertanista" de *yara*. Vocês não têm sertanistas de índios? Rondon, os irmãos Villas-Bôas, Chico e Apoena Meireles? Pois bem, eu fui preparado para ser o "sertanista" de branco.

— Que diabo de história é essa? — indaga Zé Messias.

— Eu era moço e tinha de aprender língua de *yara*, aprender os costumes, essas coisas. Durou tempo até meu povo aceitar *yara*. Tribo ficou rachada; uma parte não quis conversa, outra aceitou.

— Preciso gravar — diz o Werther, montando o equipamento.

— Caralho... Toda vez que o porra do Alemão entra nessa de gravar, montando esses trastes todos, quebra a espontaneidade!

— Só um detalhe: nós viemos fazer o quê? Piquenique de fim de semana? Ouvir solenemente esse aborígine pra depois contar pros amigos? Porra digo eu, tamos aqui pra trabalhar...

— O grupo que aceitou o contato decide aprender tudo sobre os brancos; o que servia e o que não servia pra tribo — prossegue serenamente Bediai.

— Já havia uma consciência do nosso perigo? — a indagação do Alfredo fica sem resposta.

— Muito novo passei a conviver com o pessoal do SPI [*Serviço de Proteção aos Índios*]. Assim fiquei em atraso com as histórias do meu povo. Vim aprender mais tarde. Já adulto. Mas ninguém mangava de mim, não... Sabiam que eu havia cumprido uma missão.

— E como se deu a aprendizagem?

— Sempre à noitinha, como estamos agora. Levei tempo para recuperar. Passei anos com um velho que me foi ensinando tudo.

— Como é a cerimônia do casamento? — A pergunta ansiosa e fora de sintonia do Werther deixou-nos aborrecidos, mas o Bediai nem se incomodou.

— A família dos noivos se reúne em círculo, no meio ficam os dois, de pé, segurando a mão um do outro. Bonito. Assim se realiza o casamento, o *Womanka-Weta*. O pai e a mãe da noiva iniciam uma cantiga chamada *Wena-Kinapua*.

— Do cacete...

— Os pais do noivo, com a cantiga, fazem recomendações, pedem paz e felicidade. A mãe da noiva coloca na cintura dos dois a "aliança", um tipo de cipó, com umas vinte voltas, e que se chama *tiriput*.

— Vejam bem, pede paz; é o que nós mais precisamos, nós os civilizados — interveio Iaci, visivelmente aborrecida.

— E como se dá a morte?

— Calma, gente, calma. Com o casamento os dois vão morar um tempo na casa dos pais da moça. Lá ela aprende como ser uma boa dona de casa. Quando morre um índio, tô respondendo pro Alfredo, a gente faz uma sepultura, *makin*, redonda, no meio da maloca, o corpo é enterrado sentado, com todos os seus pertences, e que ninguém depois possa usar. Acreditamos na existência de um espírito, *Wou-chou*.

— Por que enterrar dentro da maloca?

— Para manter o espírito do índio na aldeia; é que aos poucos, pouquinho, esse corpo vai diluindo, desaparecendo. Depois que o corpo se dilui todo, o espírito segue para o espaço, levado pelos deuses do vento, que o ajudarão.

— Lindo, lindo, isso tudo é utopia pura, é magicidade, meu Deus...!

— Vai começar tudo de novo... — corta o Marcelo, aborrecido. — Vê se não atrapalha, velho buzunta...

— O sol e a lua são também deuses?

— O *gat* e o *wout*. Mas é diferente. A gente respeita mas ninguém adora. Nem mesmo se tranca dentro de casa pra rezar. Nossas rezas são ao ar livre, sob a lua, sob o sol. Nunca se fica de joelhos, trancado, triste e sofrido. Há um espírito na selva, *pahuam*, que sempre nos ameaça. É preciso ter cuidado com ele. Chega mesmo a matar. É um homem baixinho mas terrível.

Bediai é pajé? Xamã?

— Já falei disso. Vocês pensam que o índio vive pela mata igual a bicho. Bom, bicho tem mais ordem e paz que vocês. (Risos) Tem muitas "leis". Por exemplo, pra vocês tudo é bicho. Veado, anta, paca, cutia, jabuti, cobra, jacaré. Ora, cada bicho desses tem muitas divisões. E vocês não sabem! Jacaré é jacaré e pronto. Por isso é que *yara* mata tudo, não tem amor nenhum, não conhece. Só se pode amar aquilo que se conhece. Como gostar e respeitar uma coisa que não se conhece?
— Na cidade a violência tá muito grande.
— E daí, e daí?
Ele fica exaltado.
— Essa viagem é fácil? É boa? Quantas vezes não reclamamos?
— Que quer dizer? — indaga o Marcelo.
— Quero dizer que pro índio é difícil a vida também. Minha tribo era um povo grande, trabalhava muito. Mas havia outras tribos. E tome guerra, a gente se matando, o tempo todo. O verde pro índio é perigo. A selva é perigo. É sonho mau. Meus avós foram mortos por outro grupo. É fácil? É fácil?
— Certo, mas...
— As tribos vivem brigando o tempo todo. Não se podia caçar sozinho, não se podia ficar de leseira, não se podia

invadir mato. Lá vinha um grupo rival e começava a guerra. Razão: roubar mulher, ficar num rio com mais peixe, ficar com terra melhor, com mais caça.

— Bom, se é assim, o ser humano não tem jeito; nem na barbárie que celebrávamos como etapa de paz e harmonia!

— Também não é assim, o Bediai tá exagerando, ele não é dono da verdade, ele...

— Ele o quê, idiota? Você agora questiona até a experiência dele. Virou o suplente de Deus?

— Não é bem assim o que ele...

— Vai dizer agora que conhece sua gente mais do que ele... Assim não dá, caralho!

— Entre nós tem uma história de Adão e Eva. E nela quem descobriu primeiro o prazeroso pecado de surucar, a tal da maçã, foi a Eva! E com os índios? — pergunta o Marcelo.

Ao tempo dos brochas

— Houve um tempo, e já vai longe, em que na aldeia os homens nada faziam. O nosso deus nos fez de uma árvore chamada *wirapitang*, uma madeira de grande porte, cor vermelha. Os homens viviam na maior leseira. Já as mulheres caçavam, pescavam, guerreavam, construíam as malocas, enfim, tomavam conta da aldeia, e sequer namoravam os homens.

— Bons tempos... — graceja a Iaci.

— Os homens não tinham nada entre as pernas, não passavam de crianças. Eram todos brochas. Viviam dormindo e só. Quando as mulheres queriam surucar, recorriam ao *rancuiã-ang*, uma minhoca enorme, que vivia embaixo da terra. Batiam no chão, nas noites de lua, com voz de conquista:

— Ó meu *rancuiã-ang*, ó meu macho querido, vem, vem comigo...

— E por mais ocupado que estivesse, o minhocão azul, que tinha boca, nariz, olhos e língua de cobra, não se fazia de rogado, largava tudo e partia alegremente para entrar no *carapuá* das mulheres.

— Esses silvícolas — observa em tom professoral o Marcelo — são a ratificação das teorias de Freud.

Bediai não se deixa interromper.

— E lá vinha ele se arrastando feito cobra. Só dava tempo de a mulher se acocorar em cima dele, e lentamente, aos gritos, gritos de prazer, gozar. Terminado, ia ela em busca de um pote de barro, onde urinava muito, bem devagar. Cinco dias depois nascia uma criança. O nosso herói sempre alertava que essa cerimônia não podia ser vista por um índio. Mas houve uma ocasião em que um, por ter dormido muito durante o dia, chegou à noite com insônia. Antes de o sol aparecer, viu uma mulher namorando o *rancuiã-ang*, e ficou curioso.

— Aquilo permaneceu entranhado. Uma semana depois, numa noite muito bonita, de céu claro, voltou a não conseguir dormir, cheio das lembranças do *rancuiã-ang*. Também entre os índios a curiosidade é a mãe dos pecados. E pecados gostosos. No meio da aldeia, ele bate no chão repetidas vezes:

— Ó meu *rancuiã-ang*, meu macho querido e delicioso, vem... Segundo aprendera... Logo aparece a minhoca enorme, assustadora, com a pele refletindo a luz do céu, e se arrastando lentamente. O índio, com medo e admirado, não sabendo o que fazer, não tendo *carapuá*, apanha um machado de pedra e corta a cabeça do *rancuiã-ang*. No outro dia foi aquele deus nos acuda.

— Esse índio ficou dividido entre o prazer e a culpa. Essa é uma herança atávica..

— Herança atávica um cacete — corta o Alfredo, censurando o Marcelo. — O seu raciocínio é cristão, deriva até mais longe, do Velho Testamento. Deixa o Bediai continuar...

Bediai não se importa e prossegue:

— As mulheres partiram para a greve. Procuraram o herói cultural, como chamam vocês o nosso deus, e ameaçaram abandonar e incendiar a aldeia, as matas, desviar o curso dos rios e outras maldades. O herói pediu tempo e disse que resolveria. Foi à mata, escutou os espíritos, o conselho dos deuses, que é muito severo, e no mesmo dia voltou à aldeia. Com o machado de pedra foi até o minhocão azul, que tava lá, sem vida, no meio da aldeia, e cortou ele em pedacinhos. Eram muitos os pedacinhos do *rancuiã-ang*. Chamou todos os homens e foi colocando, entre suas pernas.

— As mulheres no início estranharam. Tinham saudades do *rancuiã-ang* que dava conta de suas obrigações, era bem mais robusto e penetrante, e cumpria seus deveres sem nada cobrar, sem aporrinhar elas, sem ficar no pé delas. Mas as luas foram passando e terminaram gostando do pau menor dos índios de hoje. E não tardou para que as surucadas voltassem a tomar conta da aldeia festivamente.

— Meu Deus, nunca imaginara que o meu aguerrido pênis começara dessa forma...

Poder é com as mulheres

Ninguém riu e Bediai prosseguiu, ignorando as tentativas ridículas do Alfredo em parecer engraçado.

— Um dia o nosso herói encontrou um índio triste, triste de fazer dó, porque tivera o seu *rancuiã-ang* preso no *carapuá* de sua mulher.

— Que faço? — indagava desolado — Ele ficou entre as pernas da mulher.

— Por ser uma entidade muito boa, ele foi até à mulher, tirou o *rancuiã-ang* que se encontrava dentro do *carapuá* dela, colocou novamente entre as pernas do índio, mas teve o cuidado e a sabedoria de costurar tudo com tira de *envira*. Aproveitou e costurou também algumas tiras em torno do *carapuá* das mulheres, a fim de que o serviço ficasse bem feito. Daí até hoje homens e mulheres terem pentelho entre as pernas.

— Extraordinário! — repete o Alemão, exaltado.

— E aí as mulheres deixaram de ter filhos nos potes de barro e passaram a ter na barriga. E a boa vida também acabou pros homens. Passamos a trabalhar, caçar, pescar, plantar, guerrear e tomar conta da aldeia. Essa parte não foi boa — e emite um risinho safado.

— Agora escutem: mesmo assim, nunca mais deixamos de nos sentir inferiores diante das mulheres. Sabem por quê? Porque nossos filhos não nascem em nosso corpo, em nossa barriga.

— A paternidade é sempre uma dúvida — sentencia com empáfia o Alfredo — sempre uma dúvida!

— E esse mito — acredita Werther — pode ser interpretado como a memória oral do matriarcado. Podemos imaginar que a psicanálise descobriu o sentimento de castração experimentado pela mulher, mas foram as culturas primitivas que nos revelaram o mesmo sentimento, mas inconsciente, por parte dos homens. Isto é, não podemos gerar os filhos em nossos próprios corpos. Essa dúvida da paternidade jamais nos abandonará.

— Sempre complicando — diz Bediai, que deixa o grupo e vai se recolher no interior de suas reflexões.

NOSTALGIA DA SELVA

MARÇO DE 1975

As histórias de Bediai terminam, quase sempre, gerando confusão. O Werther era o mais mobilizado. Por razões óbvias. Repetia que fazia cinema por um acidente. O que gostaria é de ter vivido de antropologia, morar com os índios, circular numa cultura sem pecado original, sem repressão sexual.

— Para nos conhecer melhor, porque vivemos em guerra, porque não demos certo. O Bediai sabe tudo. É uma universidade viva do homem de ontem, essencial para entender por que somos assim hoje. Ele é uma herança histórica, cultural, pela qual não temos nenhum respeito.

— Espero que o Alemão não me leve prum museu!... (gargalhadas)

— Ao me dirigir ao Bediai — confessa a Iaci — dentro de mim peço licença.

— Antes de *yara* chegar, minha aldeia pegou uma doença. Devia ser catapora. E nem o pajé sabia o que era catapora. Começou morrendo muita gente. Todo dia morria um, dois, três. Os mais velhos, o pajé e os chefes reuniram-se e disseram: "O lugar tá com feitiço. Vamos mudar, senão ninguém escapa".

— Quando foi?

— Muitos e muitos anos atrás. Os jovens foram na frente. Depois vinha o resto, os doentes, os mais velhos, as crianças, as mulheres, pelo mato afora, se arrastando feito jabuti, lentamente. Alguns iam morrendo na caminhada. Não havia nem tempo para preparar remédio, enterrar, fazer as cerimônias. Tudo indicava que era feitiço poderoso de outro grupo.

— Que tipo de feitiço?

— Tudo começou quando roubamos algumas mulheres da tribo rival. As nossas estavam escasseando, ficando velhas. Então o pajé deles, que era muito forte, muito bom, fez um grande feitiço para se vingar.

— E as raptadas?

— Tão logo começou a mortandade, foram eliminadas. Decisão do pajé. Eram as portadoras do feitiço. O grupo chegou a um novo sítio pela metade. Aí, de novo, tudo foi recomeçando. Eu era pequeno, garoto.

— Pacificar branco é difícil?

— Difícil branco prestar. É difícil amansar *yara*. — A primeira vez que chorei foi diante do fogo e do avião. Nunca tínhamos visto avião, só de longe, muito alto. Um dia desceu um no rio, por acidente, e foi parar numa praia. Eram três *yara*. Ficaram com muito medo. E nós, com medo deles. Mas aos poucos fomos amansando, de parte a parte. Ganhamos presentes, deram lanternas, deram contas pra colar de mulher. Quando vimos eles fazendo fogo, inventando o fogo, batendo palito contra uma caixinha e o fogo surgindo, choramos. Assim como pegar no avião, encostar-se nele, a gente só via ele de longe, lá no alto, no céu, morria de medo dele, foi muito estranho. Aí, quando um de nós teve coragem de tocar devagarzinho, e depois entrar nele, começamos a rir.

— Antes não riam, não choravam?
— Acho que não... Acho que não...

Brisa reaparece

Nem tudo o que reluz é ouro, nem tudo o que balança cai. Às vezes a gente está crente que tudo vai no melhor dos mundos e estamos na pior. Outras vezes juramos derrota e nos surpreendem os bons ventos. Brisa reapareceu. Machucado, com espinhos em todo o corpo, feridas visíveis, perna fortemente lesionada, era a imagem de um extravio desastroso.

Setenta e duas horas separaram-nos, tempo suficiente para avaliar o nosso sentimento por ele. O seu aspecto geral é a expressão perfeita de uma grande ruína. Está no corredor da morte. Em tão curto espaço se transformara num fantasma. Esquálido, faminto, mancando, fatigado, sangrando em diferentes pontos, Brisa é quase uma memória de si mesmo. O mais assustador vai ser dito agora. Ferido, machucado, estropiado, Brisa tinha entre os dentes o diário de viagem do Marcelo.

A chapa está quente

Pelo rádio tivemos notícia de Tigre e de seus companheiros. As coisas estão pretas. Houve novas escaramuças nas proximidades da Vila Colibri, e tudo indica que se está consolidando um "foco guerrilheiro". Pelo menos é a versão divulgada. A versão de guerrilha está sendo explorada fartamente pelo rádio.

Obtêm apoio dos grileiros, dos empresários, e amedrontam a população já exaustivamente manipulada diante do "perigo vermelho". As rádios dizem que novas tropas estão vindo para a Amazônia, o que significa que o movimento está crescendo, e com apoio da população local, dos nativos. Na verdade não sabemos de nada. O que sabíamos é que esse foco guerrilheiro já havia sido exterminado, há mais de um ano. Mas os milicos vivem falando de guerra, subversão, comunismo, tudo isso para justificar a paranoia dos quartéis.

As revoltas, aqui, explodem e algumas são imediatamente sufocadas, outras resistem. São revoltas de comunidades marginalizadas, que recebem ordem de expulsão, logo depois veem suas roças invadidas pelas patas dos bois, e, a agravar essas pressões, não raro suas próprias casas são incendiadas pelos jagunços ou pelas forças dos governos estaduais. São os fazendeiros chegando do Sul, principalmente de São Paulo.

Esse noticiário só alcança a imprensa do Sul quando no bojo da revolta há a presença de um padre estrangeiro, de um bispo ou outro elemento da classe média brasileira. Não havendo, é o silêncio absoluto: a resistência solitária, a morte anônima.

À noite, quando as redes estão atadas, vejo Iaci levar o rádio transistor para o interior de seu mosqueteiro e buscar as notícias sobre Tigre. É visível que a questão que mais a preocupa é o destino desses homens. Ela procura esconder, mas torna-se transparente essa preocupação. Está diferente, perdeu a descontração, fechou-se. O que se passa em sua cabeça? A última notícia revelava existirem no local mais de mil homens das tropas oficiais. Se falam em mil, pode-se acrescentar, sem exagero, pelo menos uns 2 mil. O grupo de Tigre não deve ir além de dez, trinta pessoas, entre homens e mulheres.

O número de posseiros, ribeirinhos e seringueiros expulsos de suas terras deve chegar a mais de cinquenta famílias, mas poucos embarcam na aventura do Tigre. Estão sendo caçados feito capivara acuada .

* * *

O Zé e o Bediai, há três dias, antes de nos deitarmos, fizeram uma preleção.

— Estamos percorrendo terras indígenas. Isso obriga a algumas medidas. Primeiro: máxima cautela. O Bediai já mostrou que não podemos nem mesmo cagar sozinhos. Todas as vezes que a Iaci vai ao mato, tem nos chamado. Isso deve ser seguido por todos, e tem sido, graças a Deus. Segundo: no caso de um ataque indígena, já foi dito e repetido, não reagiremos. Nós somos os invasores. Podemos no máximo dar tiros para o alto, numa situação extrema. Se algum índio for baleado, dado um ataque, já sabem como o Bediai e eu reagiremos, certo?

— E se forem muitos? — indaga o Alemão.

— Fique tranquilo — informa o Marcelo —, você será um dos alvos mais fáceis!

— Vai à merda, vai à...

— As brincadeiras para depois.

— Tô apenas querendo relaxar...

— Em cima de mim? Sou saco de pancada?

— Sim — concorda a Iaci —, seus medos exagerados são um prato feito.

— Você pode ajudar. Você e o Bediai são os únicos amigos...

— Não, Alemão. Aquilo passou, já conversei com você, eu estava de cabeça quente, uma viagem longa é sempre assim; sou seu irmão.

O Werther fica visivelmente feliz e termina abraçando o Zé. Ficamos comovidos. Pede licença, vai até a sua mochila, demora-se um pouco e retorna com um sofisticado aparelho de barbear elétrico. Muito sem jeito o entrega para Zé Messias.

— É pra mim, de verdade?

— Sim, senhor, mateiro amigo. Sei que tenho sido muito chato.

Os egos pedem festa

Batemos palmas, improvisamos um galho como se fosse uma vela, e criou-se, pela primeira vez nesses últimos tempos, um clima de festa. Cada um falou um pouco de sua vida, parecia festa de fim de ano, e o que mais nos encantou foi o depoimento de Bediai. No meio da selva ele é sem dúvida um Ulisses, o mais astuto dos homens. Cada ser humano tem o seu peso de acordo com a circunstância. Nas rodovias, nos vilarejos ou mesmo no interior de uma lancha, Bediai é apenas memória de uma cultura que ficou para trás, tecnologicamente. Apagado, sem saber usar devidamente nossas roupas, não dominando a língua nacional, facilmente é confundido com um caboclo qualquer, dessa legião que se espalha, anonimamente, por todos os recantos da região. No meio da selva, ele reina. Sua presença e a do Zé trazem-nos a certeza de que não seremos abandonados.

— O gesto foi bonito, mas pra que um barbeador elétrico aqui? — indaga o Alfredo.

— Desmancha prazeres! — censura Iaci.

— Tô feliz, tô feliz! — garante Zé Messias. — Quando chegar em casa a Luzia vai gostar. Já pensou ela fazendo minha barba com essa estrangeirice toda?!

— Na minha tribo cheguei a ter três mulheres. Duas eram irmãs. No início as duas primeiras não aceitaram bem a chegada de uma terceira. Depois conversamos muito, e elas entenderam que esse terceiro casamento vinha em favor de nossa casa. Passou a ser tratada como irmã. Eram três esposas, três companheiras, três irmãs.

— No bem-bom, hein?

— É diferente. Com *yara* é outra coisa. Primeiro não moram juntas. Uma é esposa e a outra é amante. Ora, se não moram juntas, como podem se aceitar? Depois, esse casamento não favorece a casa, só prejudica. É mais pra vaidade do homem. É diferente.

— Você matou dois filhos?

Ele olha de viés, mexe-se em cima de um tronco caído, cospe duas vezes, e dessa forma dilui a pergunta do Marcelo.

— Não é assim. Uma das mulheres teve gêmeos. Gêmeos não pode. A tribo não aceita. Ficou muito abatida com o parto, e num caso assim alguém da família, marido, sogro, precisa agir. Então eu fiz o serviço. Nem gêmeos, nem com defeito físico. Criança que nasce durante um eclipse é a mesma coisa. Isso *yara* não entende.

— A Luzia precisa conversar com vocês — lembra, saudoso, Zé Messias. — O aborto da Ritinha — tentativa, né? — até hoje tá engasgado. Se conversasse, num tom assim, talvez desanuviasse a cabeça.

A noite invadira a selva e, pela primeira vez, dormimos tranquilos. Não falamos de ataque de índios, de onças, nem da presença de cobras e aranhas venenosas buscando nossas redes. Esses perigos, que são reais, todas as noites, por sadismo, são lembrados. Dormimos sempre sob o signo desses medos. É o terror. De todos, o maior são as cobras. Nada equivale ao pânico de ofídios.

Aqui e ali ouvíamos o ruído de um bicho ou o longínquo esturro de uma onça. As redes formam um semicírculo e em torno há um fogo, que nunca pode se apagar durante a noite. Antes quem cumpria essa tarefa eram apenas o Bediai e o Zé Messias. Agora todos participam. Meia-noite é a Iaci, às 2 horas é o Werther, às 4 horas sou eu, e assim por diante. Há revezamento. O fogo nos fornece a segurança de que nenhum bicho nos atacará.

A cabeça mágica de Bediai

"Quando eu era muito jovem, conta Bediai, e fui iniciado nos segredos das curas de meu povo, vivi uma experiência curiosa. Fui orientado a seguir um grande caçador da aldeia. Todos queriam comer inambu. Adentramos o mato cerrado, e não demorou descobrimos uma capoeira, terreno ideal pra esses pássaros. A inambu é do tamanho de uma galinha, só que sua carne é muito melhor, mais saborosa. De arco e flecha, lá fomos no maior silêncio, com o meu mestre imitando, de instante a instante, com assobios, o canto da inambu. Não demorou, um pouco mais de uma hora, lá estava a ave flechada. Ele ordenou para eu apanhá-la, no meio da capoeira, e terminar com a sua agonia. Ele me explicou que não podia ir porque ela havia sido flechada por ele. Então essa missão final tinha que ser minha.

De posse de uma borduna, lá fui eu em direção à moita onde ela havia sido flechada. Não foi nada difícil localizá-la, já que se debatia, gravemente ferida, com a flecha enterrada em sua asa esquerda. Reagia à morte, lutava desesperadamente.

A agonia final aproximava-se, e era preciso poupá-la de mais sofrimento. De borduna à mão, vejo-a nos estertores finais, saltitando, ainda, sobre a relva seca — estávamos no mês de setembro. Decido, com rapidez, encerrar sua agonia. Levanto a borduna e tento alcançar sua cabeça quando, para surpresa das surpresas, me deparo com uma linda mulher, de cabelos negros, lisos, e lábios carnosos, morena, olhos castanhos, da cor de uma semente de seringueira, sorrindo para mim.

Tive medo. Mas ela sorri, sorri de forma muito doce. Recolho a borduna e penso: tô mirando demais com as minhas folhas. Mas preciso fazer o que precisa ser feito. O meu guia está me esperando. Volto as costas, dou um tempo pra poder me achar, respiro fundo, seguro com firmeza a ponta da borduna, e decido, agora sim, dar um ponto final na história. Digo para mim mesmo: *miração* tem limite. Mas a situação ficara mais difícil ainda: o que havia, de verdade, era uma mulher muito bonita, sorrindo, suave, calma, deitada na relva da capoeira.

Retorno arrasado, aborrecido, me culpando pelas minhas leseiras. Com o rabo entre as pernas, digo para o meu orientador: desculpe, não estou bem. Não pude trazer a inambu. Apareceu, em lugar dela, uma mulher. Por favor, vá buscá-la.

— Não, disse ele. Você não está passando mal, não. Você está começando a aprender a ser um índio de verdade. Deixa pra lá..."

A ONÇA BEBE ÁGUA

— Ninguém vai apavorar porra nenhuma. Fiquemos calmos que eles estão na outra margem do rio. Eu e o Bediai vamos até lá, e vê se não complicam. Se derem bobeira eles nos trucidam.

Zé berrou de forma incisiva, abusivamente autoritária, embora com uma ternura cúmplice nos olhos. Percebendo sua agressividade, procurou amenizar:

— Se pouparem alguém, acredito que venha a ser Iaci.

Sorriu com o canto da boca e recolheu-se à borda de nossa clareira, indo conversar baixinho com Bediai.

Olhamo-nos todos. Essa era a notícia. A situação não era outra. A Iaci está com os olhos brilhando. Seus dentes voltam a aparecer mais. Sua boca se escancarara. Está feliz. É o seu tom. É o seu momento. É sua maneira de viver a vida. Terror é com ela mesma. Olho sua cintura, contemplo suas pernas. Está bela. Os cabelos, negros e luminosos, dançam em seus ombros, buscam suas costas. Os seios arfam, arfam de expectativa, a postura revela uma alma viva. Arrebatadora.

Estou me mijando de medo. A cara do Marcelo é de perplexidade, talvez por não poder avaliar a gravidade do momento. Alfredo tornou-se, pela primeira vez, nesses meses seguidos de convivência, mudo. Mudo e estático. O Alemão esforça-se para não se desmanchar.

Zé e Bediai conversam. Ambos se despem, tiram as camisas, largam no chão a cartucheira e as facas brancas. Vestem apenas bermudas. A bermuda do Bediai é ridícula: rota, remendada e estranha no corpo dele.

— Numa praia carioca — observa Marcelo, procurando mascarar sua tensão — esses dois estariam no rigor da onda — fala para se organizar, para retomar o equilíbrio perdido.

Iaci propõe que, com discrição, olhemos a outra margem do rio. E lá vemos um grupo de pelo menos uns trinta índios. Estão armados com bordunas, arcos e flechas. Não há crianças, não há mulheres, não há velhos. Não há família. Estão preparados, portanto, para um bom combate. Todos pintados. Parecem uns faunos. A que limite chegaram! O negro e o vermelho dominam a pintura de seus corpos. Assustador. Gritam, cospem para o alto, para o chão, formam círculos, depois recuam para o interior da selva. Somem. Assustador mil vezes.

Volto a me fixar na direção do Zé e do Bediai. Estão sóbrios. Bediai descalço, sem camisa e bermuda rota, produz um tipo, uma curiosa figura. Zé, nas mesmas condições de Bediai, apenas calça um tênis de pano, *made* não sei onde, esburacado. Essa a única diferença.

Werther, nervoso, indaga:

— Vão desarmados? Não seria melhor...

Iaci está com os olhos detidos nos dois. Faço o mesmo. Um sentimento de morte nos invade. Que curiosa é a vida, não? Fico pensando: é justamente esse sentimento de morte que nos evita banalizar a vida. Essa a tragédia dos medrosos, dos eufóricos, dos "felizes". Vários sentimentos, entre outros, nos regem, mas o medo, a culpa e a ignorância são os mais relevantes.

— É importante que saibam: queremos paz — revela Zé Messias.

— Se tiver medo, e vou ter — diz Bediai —, terei que olhar o chão. Não podem me ver com medo.

A uma distância de uns 80 metros, a largura do rio, podemos vê-los despidos, pintados, andando de um ponto a outro, mexendo-se, nervosos, gesticulando, falando muito. O som de suas vozes nos alcança. Batem com as mãos no corpo, no peito, nas pernas, no rosto, cospem, cospem na direção do chão, cospem para frente, gritam. Correm. Retrocedem.

Indago se não é melhor deixá-los e prosseguir nossa viagem, já que não visamos "contatar índio nenhum, pacificar nenhuma tribo". Tento impedir o confronto, fugir da situação. O confronto é para quem lidera.

O Alfredo enfatiza que "nada deve acontecer aos dois. Se acontecer, estamos fudidos..."

— Se nos matarem — diz sorrindo o Zé —, Iaci talvez possa salvar vocês.

A possibilidade de eliminação dos dois tem uma dupla consequência, e está sendo discutida, irresponsavelmente, no limite do possível. Se vierem a ser mortos, nós todos assistiremos. E sobrará pra nós. E sem eles, como sobreviveremos? A tragédia coletiva é terrível, mas a pessoal é pior.

— Como está não pode continuar — explica Zé Messias. — Estamos sendo seguidos, não nos atacaram ainda, não sabemos por quê, e agora se apresentam.

— Vamos precisar de vocês da seguinte maneira — continua o Zé. — Enquanto atravessamos o rio, permaneçam aqui, sem pânico, tranquilamente, e assim nos ajudarão. Ninguém vai morrer coisa nenhuma. Jabuti é que morre na véspera.

— Tamos levando — diz o Zé — uma combinação vermelha da Iaci, nossa última caçarola, leite condensado, quem tiver ainda roupa de cor que apresente, e um par de botas do Exército que ganhei em Porto Velho. É bom levar presentes. Bediai levanta o rosto, vai até a Iaci, e indaga:

— Cunhã, topa ir com a gente?

Ela se vira rapidamente para o Zé, olha para todos, fica em silêncio por alguns segundos, e ele corta rápido: "Vai se quiser, é arriscado..."

— Levando mulher, mostramos que não queremos guerra. Se é que querem paz — diz Zé Messias.

Em que mundo estamos?

São quase 2 horas da tarde. Werther garante que se trata de uma sexta-feira. Nem queremos saber, nem isso nos preocupa. O sol já não está mais a pino, o que pode ser confirmado pela clareira aberta pelas águas do rio. E rio de águas cor de vinho e geladas. A luz é ainda bem forte, embora o sol comece a se deitar na direção oposta ao nosso destino.

— Estou morrendo de sede — diz Marcelo. — Se beber água, me empapuço. Estou com saudades do Rio. Gosto de cidade grande. Cadê Clara? Porra dessa mulher, vai embora na hora do arrocho, na hora do confronto...

Alemão dirige-se à sua mochila, apanha um relógio Tissot e entrega-o ao Zé Messias.

— Se ajudar em alguma coisa, dá pros índios.

— Nem sabem o que é isso. Prefiro a lanterna. Vai fazer furor.

Os índios formam um círculo, gritam, esbravejam, e nada entendemos. Bediai diz não saber do que estão falando. "É uma língua diferente". Os presentes são colocados num saco encauchado do Zé Messias. O saco está cheio, tantos são os objetos. O Bediai fecha, repetidas vezes, a boca do saco com uns restos de corda e sernambi deixados na cangalha da mula fujona. Não houve despedida, apenas "boa sorte" e um "até logo" da parte dos três: Zé, Bediai e Iaci. Um esforço mútuo foi feito no sentido de retirar qualquer dramaticidade. Tive tempo apenas de beijar o rosto da Iaci, fitar fixamente seus olhos —, que estavam alegres, radiantes —, e dar um pé na bunda do Bediai, chamando-o de "índio velho, aborígine, vai nessa, seu cagão, que tamos te esperando pra tomar na próxima *colocação* um chá de folhas espertas".

Os três montam num tronco de cedro, meio podre, que ameaça rodar, lançá-los à água. O saco está sobre o ombro do Bediai, cujo rosto parece uma escultura de bronze. Zé retoma os gestos decididos, o tom autoritário, e o corpo permanece sob o domínio total de sua vontade. Iniciam a travessia, usando as mãos como se remos fossem, equilibrando com seus corpos a tora de cedro, de tal forma que, vistos à distância, parecem andando, milagrosamente, com a água abaixo da cintura, dentro do rio. A luz do sol reflete nas águas, e um bom fotógrafo faria uma festa com os três descendo, não fosse fatal retratá-los numa situação como essa. Nossa parte precisa ser cumprida com perfeição, já que nos coube tão pouco. Não coube nada. Teremos de conversar animadamente, sem rebuliço, denotando uma paz interior que há muito nos abandonou. Se é que algum dia existiu.

Quando se aproximam da outra margem, os índios se afastam, alguns correm para o interior da selva, outros apontam seus arcos, outros se cospem todos, e um pequeno grupo, seis, oito, sabemos lá, permanece sem fugir, aguardando, preparando o bote fatal. Do ponto de partida até à margem perseguida, os três produziram uma imaginária linha, em diagonal, resultado da força das águas. Distam, portanto, mais de 40 metros do grupo de selvagens que não se evadiu. Certamente permanecem escondidos. Vejo o corpo do Bediai, relaxado, o peito para fora, pisando solenemente, a cabeça erguida, e me recordo de seu pescoço distendido, solto. O tronco já não se desloca mais de bubuia, e lá está ele, entre a canarana, essa gramínea aquática que domina as margens dos rios, dos lagos, dos igarapés. É um Ulisses selvagem.

Pisando nos cristais de areia

Após abicar, o tronco de cedro permanece parado, e seus três tripulantes, ariscos, o abandonam. Iaci olha em nossa direção, e sinto uma vontade, um desejo imenso de me jogar nas águas, não perder essa *trip*, eu que jurara ir de carona até nos seus delírios mais loucos, de tal forma que, vivos ou mortos, estejamos juntos. É a sandice da paixão.

— Tô a fim de me juntar a eles! — digo, fazendo modelito fanfarrão.

— Deixa as bravatas para o Posto 9. Recorde-se das ordens! — aconselha Alfredo, visivelmente preocupado.

— É importante que cumpramos o que ficou acertado. Nada de porra-louquice.

Com firmeza, Zé, Bediai e Iaci caminham em direção aos índios, que nesse momento não somam mais que oito ou dez guerreiros. Zé faz um gesto, vira-se de costas para os índios e diz alguma coisa aos dois parceiros. O que restava do grupo invade a mata correndo e não se vê mais ninguém, todos se foram. Nossos três amigos formam um triângulo, parecem surpreendidos, é visível que estão cautelosos, que temem um ataque de surpresa. Iaci está descalça. Despiu-se de uma velha camisa de linho, bordada à mão.

Da cintura para cima está nua. Ela adora ficar assim. Os seus seios rijos, a pele morena, pisando descalça nos cristais de areia, tendo por cobertura um sol morno, com raios cor de ouro, fazem-me esquecer tudo: os índios, a morte possível, os maus poetas, a eventualidade de um massacre, o pessimismo do Schopenhauer, o governo militar, a década dos desastres!...

O saco encauchado contendo os presentes é aberto e os objetos lançados à praia. Torcemos para que retornem o mais rápido, o mais breve possível.

— Acho que estão exagerando — fala alguém.
— Por que não retornam logo, merda — diz o Alemão.
— Não precisam exagerar. São valentes, ok...
— Calma, gente — pontua o Alfredo. — Eles sabem o que fazem. Eu, de minha parte, entendo de utopia.
— Para, outra hora, porra....

Retomam o tronco de cedro, carcomido, escuro, semipodre. Montam e já retornam, tal qual três cavaleiros, três quixotes dos trópicos. Iaci navega na frente, Bediai no meio e o Zé vai na popa, usando uma das mãos, comandando. Riem, quando se aproximam. Zé dá uma gargalhada histérica e a Iaci, candidamente, escancarando a boca, berra parodiando o bardo, com os seios arfando, o corpo ereto:

— Entre esses selvagens e nós, existe muito mais medo do que imaginam.

Não tem choro, elimina!

Uma declaração, desfechada com a neblina ainda em nossas redes, deixou-nos aterrados. Nem sequer fizéramos o asseio pessoal, nem sequer escováramos os dentes, Zé e Bediai, sentados cada um em sua rede, com as pernas de fora, iniciam uma ladainha macabra.

— Sei que vai aborrecer. Há mais de uma semana, eu e o Bediai pensamos no assunto. As coisas se precipitaram, e agora não mais podemos fazer vista grossa.

As redes armadas formavam um semicírculo. Precisa ser assim. A fogueira central não se apagara de todo, e a Iaci se distraía, mecanicamente, lançando pingos de água de sua caneca na direção das cinzas. Cada porção, por menor que fosse, fazia emergir uma fumaça, depois de uma miniexplosão, e lá estava ela, absorta, ainda não acordada inteiramente, brincando com o indecifrável.

— Os índios continuam nos seguindo. Trata-se de um grupo isolado, sem nenhuma relação amistosa com os brancos. O primeiro contato é delicado, perigoso. Já conhecemos as histórias de massacre, essas coisas. Eles nos veem o tempo todo, e nós só eventualmente tomamos conhecimento da presença deles — explica o Zé.

Notória a dificuldade dos dois para entrar no assunto.

— Desembucha, homem de Deus...

— Enfim... — atalha Bediai — Brisa vai morrer. Não quisemos contar, mas os seus latidos impediram o contato. E quase foram fatais. Pelo menos para nós três.

Era verdade. Ninguém queria tocar no assunto, mas Brisa vivia latindo, detectando a presença dos índios, como de resto atropelara a tentativa do contato. No outro lado do rio, num clima insuportavelmente tenso, ele se pôs a latir, correr, perturbar. Nesse exato momento os índios, parcela deles, invadiram a floresta, e a partir dos latidos a tentativa fracassara. Esses selvagens não conhecem os cães, são animais estranhos.

— Matar o Brisa? Quem vai matá-lo?!

Marcelo fora apanhado de surpresa. Sua cara parece a de uma criança abandonada.

— Qualquer um de nós — repete Zé Messias.

— Qualquer um de nós, uma ova! Eu, jamais — proclama Alfredo.

— Ninguém é obrigado a matar nada — corta autoritariamente Zé Messias. — Porra, ninguém aqui é assassino. Nem eu, nem o Bediai, nem a Iaci. Mas, sendo preciso, a gente mata, certo? Brisa tá pondo em risco nossas vidas, e não quero perdê-la, pelo menos a minha, por causa de um animal. Ele que se foda...

Pigarreia e atenua, é sua maneira de ser:

— Mesmo tratando-se do Brisa.

Fez-se um demorado silêncio. Zé sai aborrecido, apanha uma panela de alumínio, recolhe água do igarapé, reacende o fogo, assopra repetidas vezes, e berra:

— Vou fazer um café forte, sem rapadura.

Era sua maneira de se organizar, reabilitar o equilíbrio perdido, se recolocar com mais serenidade. Agia. E o fazia misturando ternura, que saía atropelada, com gestos firmes, autoritários. Zé não é um homem agitado, mas de ação. O que é diferente. Acendendo o fogo, fazendo um café coletivo, indo à beira do igarapé, enchendo uma vasilha com água se recompunha com o mundo, harmonizava seus impulsos violentos, primitivos, com o mundo civilizado, do qual éramos agentes.

— Não dá pra abandoná-lo no meio do mato? Por exemplo, ao atravessar um rio, a gente deixa um pouco de carne e o largamos.

A proposta do Alfredo é patética, revela uma inútil bondade na busca de uma solução menos terrível. Os três riem diante de tamanha bobagem.

— Ele nunca nos largará. Se for preciso, Brisa atravessa o Madeira, no trecho mais largo e perigoso — comenta com desprezo a Iaci.

— Ele não sofrerá nada. O tiro é de 12 — consola Bediai.

— Se temos que matá-lo...

— Temos, quem? — indaga o Alemão.

— Pouco importa por quem o tiro seja desfechado. Essa é uma morte coletiva, de todo o grupo. Ninguém aqui vai lavar as mãos. Não haverá Pilatos nessa história.

A intervenção do Alfredo repôs as coisas em seus devidos lugares. A morte do Brisa era uma decisão coletiva, porque inadiável, e nela todos íamos sujar as mãos de sangue. Ficou acertado que antes do meio-dia teríamos de matá-lo. Quem apertaria o gatilho não ficou claro. O assunto era pesado demais para ser novamente questionado. É como se ficasse o dito pelo não dito. Por que antes do meio-dia? Quanto a isso ninguém ousou indagar. O fato é que a conversa não mais prosseguia. Fora longe demais. Não que tivesse se esgotado. Apenas alcançara aquele ponto limite.

Brisa percebe...

O sol estava quase a pino. Um calafrio percorreu a minha coluna. Dor fina. Seria a mochila? A porra da mochila cada vez se tornava mais incômoda. Em verdade, eu conduzia muito mais um jamaxi do que uma mochila. A dor nas costas era a consequência inevitável. Desde a conversa matinal, não mais havíamos falado. Sentamo-nos sob a copa de uma seringueira centenária. A madeira é inteiramente virgem. Nunca recebeu um corte em suas veias cheias de látex. Bediai prepara um cartucho para a espingarda calibre 12, e o faz com certa ansiedade.

Estamos todos sentados, mudos, e num dado momento Zé indaga:

— Tudo pronto, Bediai?
— Tudo, cumpadre. Quem vai fazer o serviço?
— Eu mesmo. Quem não quer, manda.

Vejamos o que vai agora ser enunciado. Brisa sacou que ia morrer. Não se trata de delírio, não. Percebeu, ficou esquisito, não obedeceu mais ao Bediai, recusou uns afagos da Iaci, finalmente botou o rabo entre as pernas e foi se encostar próximo ao Zé Messias, seu algoz iminente.

Zé troca de camisa, calça suas botas de campanha, coloca um bornal a tiracolo, reproduz com perfeição um dia de caçada, e se põe a chamar Brisa:

— Vamos, Brisa, vamos que vou precisar de sua ajuda, irmãozinho fiel.

Brisa ficou todo ouriçado, retoma sua postura triunfal, lambe as pernas de um, salta nas coxas de outro, e lá se vão os dois, adentrando a selva, e, no ar, a última frase de Bediai:

— Cumpadre, preparei dois cartuchos. Se o primeiro falhar...

Dez minutos, cinco, sabe-se lá, ouve-se um estampido. Forte, terrível, estremecendo a floresta. O estrondo da 12, na selva, corresponde ao ruído de um canhão em campo aberto. Ilações. Olho pro Alfredo, tem os olhos cerrados, o rosto exibe uma careta, os dois indicadores tampam os ouvidos.

Uma lágrima, uma única lágrima, se desprende da face esquerda de Ulisses, digo Bediai, e vai beijar o chão úmido, lamacento, reverenciando o coração da Amazônia, seu solo amado.

* * *

Há dez dias chove sem parar. Dia e noite. Estamos exaustos, temos comido o mínimo, e eu, só a Iaci o soube, joguei fora todo o açúcar refinado. Estamos, portanto, sem ele, a droga cotidiana, a cocaína liberada, consumida sem culpa e sem questionamento. Postura de fanático, bem o sei. Teremos, a partir de agora, mais resistência, mais disposição, enquanto durar essa loucura de expedição.

O Alemão há dois dias lembrou, e com propriedade, que a "selva nos diminui, nos reduz a zero, sua imensidão nos devolve a humildade perdida". Se há dez dias chove perenemente, há pelo menos uns 15 não vemos um raio de sol. Os dois mateiros garantem que andando sempre na direção leste iremos dar num seringal acreano, próximo às terras do estado. No início trouxe-nos paz tal informação, mas com o passar dos dias essa esperança foi se diluindo, diluindo, e ninguém ousa cobrar nada do Zé e do Bediai. Ninguém é besta.

Todos, à puta que os pariu

O Marcelo, há três dias, não segurou a barra e protestou: "Vão à puta que os pariu. Quando retornar à cidade, vou tomar uma dúzia de Coca-Cola e comer um hambúrguer". "Regredidão", cortou Iaci, sem sorrir, visivelmente aborrecida, não só com Marcelo e sua fragilidade, aborrecida com tudo, com a chuva que não cessa, com a caminhada que nunca acaba, com o meu assédio permanente, imagino, com o temor sempre presente de uma cobra, de aranha, com a ameaça não menos iminente de um ataque fatal dos índios.

— Estamos mergulhando numa região perdida, nas profundezas do inferno. Deixamos nossas cidades, renunciamos ao conforto, à segurança, segurança porque dominamos todos os mecanismos do mundo urbano, e em poucos dias nos vemos na boca do furacão. Estamos sem família, amigos, trabalho, banheiro, sim, porque um banheiro faz falta — esbraveja o Alemão.

— Bobão, essa é a melhor fase de sua vida. Vida besta, urbana, e não percebe nada — diz Iaci entediada.

Bem que o Alemão estava certo. Não se trata de mudar de uma cidade para outra, de um país para outro. É muito mais. É sermos lançados em outro planeta, com outros valores, outra cultura, circunstâncias absolutamente diferentes de tudo a que até então conhecíamos.

Dependemos inteiramente dessas duas figuras: Zé e Bediai. Nossas vidas estão em suas mãos. Graças a Deus não são urbanoides, do contrário já teriam se transformado em tiranos. Esse poder todo, nas mãos de qualquer um de nós, já teria evoluído para uma ditadura cruel. Bediai parece ignorar sua importância, aliás, nem mesmo quer saber disso. Já o Zé é fanfarrão, gosta de uma bravata, mas nada que nos humilhe demais, encarcere. Não tem a informação civilizada suficiente para nos impor uma disciplina de campo de concentração. Mas não devemos também negligenciar suas vaidades, sua bem próxima convivência com o mundo dos brancos, do qual ele emerge.

Cobra é o terror

Os índios nos ameaçam mas o terror são as cobras. E terror permanente, a todo o instante, em todos os momentos, numa folha, num galho, no meio do caminho, na terra encharcada, num tronco pobre, em todos os espaços, e quase sempre invisível. Qualquer desatenção pode ser fatal. Aqui, diante das cobras, nenhuma desatenção fica impune. E difícil descobri-las antes da picada letal pois se confundem com a selva. Terror.

À noite, deitados, somos homenageados por um coro coletivo de pássaros e outros bichos. Estranho. É como se toda a fauna decidisse marcar um concerto e, uníssona, formasse a maior orquestra sinfônica de que o mundo tem notícia, em homenagem a um grupo de malucos, despirocados. Vezes há que os índios são exageradamente ingênuos. Eles nos seguem dia e noite, os cuidados são agora redobrados, e nem mesmo banho, distante 10 metros, num igarapé qualquer, podemos tomar sozinhos.

A verdade é que os índios cercam nosso acampamento todas as noites, imitando bichos e aves, provocando medo, pânico, mas não é menos verdade que com o passar do tempo, dos dias, das semanas, terminamos nos acostumando a conviver com o absurdo da situação. Todo absurdo é possível. O que é necessário é o condicionamento. Bediai e Zé repetem que à noite jamais nos atacarão, mas advertem: isso pode acontecer ao amanhecer do dia. Temos de acordar antes de a luz solar clarear os porões da selva, aumentar o fogo, falar, despertar, mostrar que estamos atentos, que surpresa não haverá.

— Tá na cara — ensina o Zé — que não nos querem atacar. Tão querendo, sim — não é, Bediai? — nos amansar. Estão assanhados, tudo bem...

— Estão com medo, mas estão curiosos. Por isso me mostrei muito índio, para verem como tá um irmão deles entre os *yaras*.

— É mentira — berra Zé Messias — essa história de sertanista pacificar índio. Conversa pra boi dormir. Um homem de tacada, feito mijo de rã, não vende uma lorota dessa. Os índios é que nos amansam. Se a gente tivesse juízo, aprenderíamos com eles. Veja o Bediai, sabe tudo, é um bamba. Quem manda sou eu, mas quem sabe é o Bediai. Então tá feita a "amigação".

Bediai ri, tem os olhos vermelhos, tem fumado, juntamente com o Alfredo, suas folhas mágicas. A erva é tão forte que o Alfredo, geralmente boquirroto, anda mais calado que cutia antes de parir. Bediai se levanta, se espreguiça vagarosamente e comenta, com certo enfado: "É um saco ser 'capitão'. Isso é invenção de *yara*".

— Então — diz Zé Messias — esses índios estão a fim de nos amansar. Estranham a gente não ter atirado, matado, roubado, infernizado a vida deles. Começam a crer que vão nos amansar. Não é, Bediai?

Essa conversa aborrece o Bediai. Aborrece, enfada, deve mexer com as entranhas de sua memória. Levanta-se, vai até o saco encauchado, retira uma pulseira e uns anéis de coquinho de ouricuri, que vem fazendo há semanas, meses, e começa a manuseá-los.

— Não se surpreendam. Antes de atingirmos o primeiro seringal vão nos amansar. Receberam nossos presentes, viram que somos uma família caçando, visitamos eles desarmados, uma mulher nos acompanhou, e acho que deve ser assim. O que tão fazendo é tudo enxerimento.

* * *

— Iaci, quem são seus pais?
— Já morreram. Tenho irmãos; duas moças e um rapaz. O velho queria que eu fosse contadora (emite um riso incrédulo.) A mãe sonhava me vendo professora.

Antes que a conversa continuasse, Zé Messias interveio:

— Queria não falar desse assunto, mas é preciso. Desapareceu ontem o restante da goiabada. Isso não pode acontecer mais. É muita safadeza — protesta o Zé Messias.

O mal-estar cresceu. Todos nos olhamos. Há consenso de que foi Marcelo o autor da velhacaria. No caso do leite condensado, sim, mas agora ninguém sabe. Que sentimentos levam uma pessoa, onde tudo tem de ser necessariamente dividido, compartilhado, a optar por uma canalhice como essa?

Os fracos não têm vez

Com exceção da Iaci, todos estão resfriados. Ontem à noite o Alemão foi dormir com febre de 39 graus. Temos reduzido o percurso da marcha. Quer pelas chuvas, que parecem nunca mais cessar — estamos às vésperas do grande dilúvio —, quer pela crescente e visível fragilidade do grupo. A ração está no final. Não fora a habilidade dos dois mateiros, estaríamos perdidos. Apesar do tempo, os dois têm abastecido o grupo com peixes e pássaros. Só podemos atirar com arma 22, de quase nenhum ruído. Não devemos amedrontar os índios com tiros de grosso calibre e forte estampido.

Então fica difícil abater uma caça de médio ou grande porte. Exige uma pontaria milimétrica. Tenho resistido a comer carne. O grupo tem traçado tudo: rabo de cobra, jabuti, carne de gato-maracajá, capivara e uns nojentos vermes que se reproduzem no interior de cocos, que aqui chamam de tapuru, igualzinho aos que vemos nas carnes em putrefação. Qualquer animal morto, após três, quatro dias, os produzem em profusão.

Quando é preciso, encaro qualquer coisa. Minha reserva de arroz integral é coisa do passado, memória longínqua, que se perde na noite dos tempos, remonta à idade da pedra, ao começo dos começos. Há três dias encontramos um pé de pequi. Foi uma festa. Estamos abastecidos de gordura e proteína vegetal para os próximos dias. São muitos os cuidados. Aliás, por aqui, nenhuma desatenção passa em branco.

Mas um cuidado há que ser permanente: a manutenção dos pés. Temos que tratá-los como orquídeas, seios de virgem no primeiro amasso. Trocar constantemente de meias, não calçá-las úmidas, manter seco, sem umidade, o espaço entre os dedos, evitar a frieira. O único que dispensa esses cuidados é Bediai; seus pés nunca calçaram nada. Pisa num chão infestado de troncos, tabocas e espinhos sempre descalço. Só vendo para acreditar.

Os pés são nossas rodas, nossos pneus; mais que isso, sem eles não vamos a lugar nenhum. E não ir a lugar nenhum significa se inviabilizar. A selva só é possível com os deslocamentos permanentes.

A higiene pessoal também não pode, sob nenhum pretexto, ser negligenciada. Os banhos são constantes, tanto pelas chuvas, ou, quando estas cessam, pelo calor insuportável. Por estarmos muito próximos, a higiene é uma questão que envolve o coletivo, todo o grupo. O Alemão tem sofrido, já que os seus hábitos são outros. Os banhos diários são uma violência para o Werther.

— Breve vamos encontrar uma "colocação" — informa Bediai. — Zé e eu achamos uma *estrada* de seringa. Logo, logo vamos dormir sob um teto, protegidos dessa maldita chuva.

— Não fossem os encerados, que cobrem os mosquiteiros à noite, já teríamos morrido. Merda, merda de chuva, quero dormir dentro de uma casa, numa boa! A utopia não é isso, não. Expedição sem apoio logístico, sem alimentos, é masoquismo puro.

— Deixa de ser bobo, Alfredo — protesta a Iaci, sentada, com o jamaxi entre as pernas, de onde recolhe um pente e começa a dividir seus longos cabelos. Essa expedição é a parte mais rica de sua biografia também, seu idiota.

— Prontuário — troça o Werther —; ele não tem e jamais terá biografia.

— Estou exagerando. Mas já deveria ter voltado. Tenho uma encomenda de fotos para uma grande agência de publicidade. Vou ganhar uma nota preta. Há uma palestra em Porto Alegre. Os jovens universitários querem saber como vive, o que pensa um fotógrafo aventureiro, um fot...

— Um bunda-mole, na intimidade.

— Marcelo, se tira o sonho, não fica nada. A vida está aqui. Entre nós há um rasgo de luz; estamos conspirando em grupo, e quem conspira junto, respira junto; isso é vida.

As borboletas não perdoam

Uma borboleta negra, ao atravessar um igarapé, radiante, começa a esvoaçar, indo pousar suavemente no ombro do Alemão. Agora são centenas que nos atropelam, que esvoaçam, formando um imenso círculo em torno da Iaci e do Werther. Eles se levantam, andam, elas acompanham, voando todas na mesma direção, como se obedecessem a um único comando, e vamos ficando curiosos. A situação no início é singular, depois se torna estranha, cômica. O Alemão mostra-se incomodado, à beira do pânico, e eis que Iaci retira a camisa de algodão, e tem agora todo o tronco nu, e os seios começam a ser molhados pela neblina da chuva. E aos poucos as borboletas vão-se acalmando, pousando nos ombros, nas costas, em sua cabeça; ela está agora envolta por essas flores esvoaçantes, negras, uma mulher mágica. E o Alemão a imita, está com o tronco despido, está sorrindo.

* * *

Uma queixa surda começa a tomar conta da expedição; a alimentação está aquém do suportável. Iaci e eu não vemos assim, mas somos votos vencidos.
— Carne, meu caro, sem carne não dá. O homem deu um salto quando passou de herbívoro a onívoro.
O Alfredo continua matraqueando, insultando, até porque a essa altura da viagem, que parece nunca mais ter fim, tudo é motivo para azucrinar a tolerância do outro. Estamos com o sal racionado, sem açúcar branco — que lancei fora —, sem goiabada, e os últimos doces foram uns favos de mel recolhidos pelo Bediai. Não fora a intervenção autoritária do Zé, o grupo teria se engalfinhado numa luta violenta. Tudo por causa de parcos favos de mel. Até a ternura que devotamos a Iaci foi anulada. Pulamos em direção aos favos, que se diluíam nas folhas, e por pouco, muito pouco, não ocorreu pancadaria braba. Ela em nenhum momento invocou sua condição de mulher, tampouco se mostrou surpresa com a nossa brutalidade. Disputou os favos em condições de igualdade com o grupo de homens: violência física generalizada.
Vão ficando claras nossas misérias. Há mais de um ano, quando nos reunimos, éramos pessoas civilizadas, educadas, dispondo de um código social que bem ou mal nos preserva-

va, mantinha nossas máscaras. Uma expedição não é um convescote de freiras, mas estávamos longe de supor que nossas indignidades e vilanias chegassem a tal ponto. Os padrões sociais vão abruptamente sendo minados — pelo dia a dia, pela adversidade da natureza, pelas condições de vida, pela ausência de tudo. Tudo na selva é nada. E nada na selva é tudo.

Uma tampa, uma lata vazia de azeite, de leite condensado, um copo de geleia, uns grãos de arroz, dois ou três palitos de fósforo, uma velha faca cega, uma agulha de costura, tudo tem importância. Não se pode destruir, perder nada. Qualquer desatenção com essa parafernália — uma chuva, por exemplo — e tudo se evapora no ar.

Enquanto grupo, temos comido escondido, fingindo sofrer pela desgraça do vizinho, torcido silenciosamente para o mosquito maldito picar o parceiro, de forma tão visível que não podemos esconder mais essas hipocrisias e fingimentos. Estamos muito próximos. Essa a miséria. Logo que nos reunimos, cada um tinha, no mínimo, três, quatro, quem sabe dez máscaras. Fomos nos desmascarando, menos por vontade própria do que pelas condições adversas, absolutamente hostis, e a excessiva proximidade.

Alianças eventuais

E, no entanto, ocorrem, às vezes, grandes encontros. A iminência de um ataque indígena, a consciência de que ninguém — talvez apenas o Bediai e o Zé — possa escapar sozinho, a certeza de que ou nos salvamos todos ou não se salva ninguém, a necessidade permanente de solidariedade, tudo isso, e muito mais, tem gerado grandes alianças.

Somos uma família. Com as neuras, as desgraças de uma família. Uma família bizarra, sim, mas não deixa de ser uma família. Num dia falamos mal do Zé, discutimos seu autoritarismo; noutro, não perdoamos a "passividade" do Bediai; noutro, questionamos o comportamento da Iaci, autossuficiente, seduzindo todo o mundo e não dando pra ninguém, mostrando os seios sob o menor pretexto, e que seios! Noutro dia, o bunda-mole do Werther, e assim por diante. Com exceção da Iaci e do Bediai, parece, todos estamos paranoicos. Acreditamos que nos censuram silenciosamente, que querem nos intrigar com alguém ou com o grupo inteiro. Essa parte invisível é a mais terrível.

— Eu e o Bediai vamos caçar. Estamos enjoados da comida.
— Gostaria de ir.
— Vamos matar bicho de grande porte.
— Preciso ir. Gostaria de ir. Só isso.
— Nunca vi morbidez maior. O sujeito é contra a caça, evita comer carne e apresenta-se para assistir a uma matança indiscriminada.
— Vai à merda, Marcelo.
— Quem pensa escrever um livro sou eu; daí, deveria acompanhar os dois.
— Deixa de ser bobo. Eu me apresentei primeiro.
— Não seja ridículo — responde o Marcelo.

No que tinha razão. O Zé encerra a conversa: "Só pode ir um. Três numa caçada dá pra segurar. Quatro, vira bando." Um sentimento oculto motivara essa decisão: como realizar uma caçada com tanta chuva? Chuvas torrenciais, temporais que parecem indicar o fim do mundo, águas invadindo tudo, não poupando nada, e onde localizar, então, as caças? O Zé deixou claro que são "animais grandes", portanto, essa eu pago pra ver.

Na selva não tem moleza

Caminhamos com água pelos joelhos e trechos há que precisamos contornar, ou corremos o risco de avariar a munição. Os dois andam em silêncio, de quando em quando param, não se mexem, as orelhas parecem se abrir, entreolham-se demoradamente; imito-os no que é possível, e logo depois retomam a caminhada. Sondam a selva. Estou preparado para o que der e vier, em jejum, tomei apenas meio copo de chá de carqueja com capim-santo e um pouco de guaraná ralado, lembranças dos amigos da ilha. Estou leve, portanto serei mais rápido na caminhada.

Pode-se acreditar que só conta o imprevisível, o inusitado. Projetou, acreditou, dançou! Fora dos grandes centros também é impossível viver. Cidade média, mesmo pequena, é uma merda. Mediocridade absoluta. Salvo se essa expedição fosse eterna, só acabasse com a morte de cada um. Mas ela é um episódio fortuito, passageiro, sem prejuízo, quem sabe, de estar sendo a parte mais generosa, mais rica de todas as nossas vidas.

— Ô, rapaz, tá ficando maluco? — Os dois soltam a primeira gargalhada da semana, e o fazem estrepitosamente.

Que bom! Há uns dez dias ninguém ria, principalmente os dois, sobre os quais recaem o ônus da liderança, o espírito do grupo.

— Égua, falando sozinho há mais de uma hora! Oxente, que coisa, hein...

Trouxe a máquina Nikon do Alfredo, uma F-2 da pesada, coisa fina e de muito luxo, para justificar minha presença. São elas que estão mostrando para o mundo a brutalidade americana no Vietnã. De ponta, resistente, é um equipamento para região úmida. Não tem pra ninguém, só dá ela.

Não vou fotografar merda nenhuma, muito menos animal abatido. Eu, hein... Quero, sim, saber onde vão poder caçar. Duvido que tenham êxito. Recolho uma orquídea, outra, outra mais, enfim dezenas. Em cada orelha, entre os cabelos e a cartilagem, coloco uma flor. Belas, muito belas. Que diria uma patrulha machista se me visse assim? Vão todos à merda. Estamos ensopados, é chuva até não poder mais. Chove, chove há 10, 15, 20 dias sem parar, e esses dois malucos aqui em busca de *barreiro*. Se houver clima, vou rir na cara dos dois. Como seria possível encontrar um *barreiro*, com essa chuvarada toda? O Alfredo vai ficar histérico quando descobrir que suas lentes — 80/200 mm e a normal — estão podres de tanto fungo. O fungo domina tudo, até nossas almas. Filosofia barata.

Estamos andando há mais de três horas, mas a disposição dos dois é visível. Na verdade são dois bichos a mais nesse imenso zoológico, nessa selva sem fim. Aqui o homem está em condições de igualdade com a bicharada. Gozado, uma ternura intraduzível já nos une a esses dois. Tão diferentes entre si mas tão próximos, tão cúmplices. Quem entende a vida? Quem entende os sentimentos ocultos, como decifrá-los? Nem tudo o que reluz é ouro, nem tudo o que balança... já foi dito. Estou me repetindo, começo a enlouquecer...

— Vamos parar um pouco que vem temporal por aí. Precisamos nos proteger, encontrar um local seguro.

Bediai confirma um pressentimento pessoal: vem coisa ruim. Tudo escuro, os pássaros silenciaram, e nem vento sopra mais. São umas 10 horas da manhã, entretanto é como se estivesse anoitecendo. Persiste uma chuva fina, quase nula, mas a selva está abafada. Um jacu passa aos berros e uma rasga-mortalha se apresenta macabramente. Droga! Não suporto rasga-mortalha. Na véspera da morte do pai, ela se anunciou espalhafatosamente, soturnamente.

Tinha 6 anos, mas lembro a mãe vociferando: "Passa ao largo, ave dos infernos!". No dia seguinte o pai chegava à casa morto. "Passa ao largo, ave dos infernos! Desconjuro, maldita!". Dizem que a rasga-mortalha é uma das diferentes espécies da coruja, a mais sinistra no seu canto e a mais inocente e curiosa na aparência. Sabe Deus por que está associada à desgraça...

Uma sucessão de relâmpagos começa a cortar o céu. Se quiséssemos continuar andando, a luz dos relâmpagos nos guiaria, apesar da escuridão já dominante. Tudo escuro. Primeiro o relâmpago, depois o trovão. Estamos protegidos sob o tronco de um mogno. É uma árvore jovem, sem prejuízo do tamanho imenso, e a presença dos dois me deixa à vontade, sem maiores medos, senão aquele que pertence ao imprevisível, ou aquele outro que se encontra dentro, lá no fundo da alma, o medo escondido, o medo herdado, o medo recolhido dos confins da vida, o medo dos medos, aquele que nos foi passado por milênios de luta do homem para poder sobreviver na Terra, o medo que analista nenhum vai poder exorcizar.

O dilúvio

O mogno balança, curva-se, revela humildade, e o vento — vento não, vendaval — vai cercando tudo, as árvores vão cedendo, gemendo, demonstrando medo, muito medo, algumas caindo, não resistindo. E lá vai a natureza, friamente, sem paternalismo nem piedade, fazendo sua seleção; e então vejo os olhos do Bediai, arregalados, e logo se cerram a cada relâmpago, a cada estrondo, a cada raio cortando o céu, e o vejo rezando, sei lá, me parece reza, e o vendaval destruindo tudo, e uma chuva pai d'égua, eita meu Deus! E lá se vai uma castanheira cedendo ao peso dos anos, cedendo ao peso da fúria, e então cerro os meus olhos também.

Agora é a vez de um cumaru-cetim, o todo-poderoso cumaru que na várzea chega aos 40 metros e na terra firme alcança os 50m de altura. A aroeira verga ao peso do vento, e são vários os seus nomes. No Amazonas atende por muiraquatiara, mas no Pará é denominada sanguessugueira, o que não deixa de proceder. Árvore de grande porte, suas flores são hermafroditas e unissexuais. Besteira, acho que disse: todas as flores são hermafroditas. Se todas elas, de grande porte, resistentes e poderosas, estão comendo o pão que o diabo amassou, se mijando de pânico, ameaçando se borrarem todas, imagine as de menor porte, o mato rasteiro, o baixo clero, a patuleia, a gentalha, o lumpesinato, a arraia-miúda.

À minha esquerda a andiroba, que ocorre em toda a bacia, também de grande porte, faz das tripas coração. É visível que resiste, que resistirá, mas é visível também que os anos pesam, e põe anos nisso. Seu tronco sinaliza décadas, quem sabe séculos de existência, mas ela conhece, como ninguém, a violência de sua mãe, ela, inclusive, filha querida da natureza. Quando ocorre nas matas alagáveis — várzea —, cresce mais, e curiosamente perde tamanho na terra firme, aonde as águas não chegam senão raramente.

— Não adianta esquentar, colega, que esse mogno aguenta. Basta ter fé...

Ah, começo a compreender a ternura de Luzia por Zé. Por trás de toda essa couraça, exigida, imposta pelas maldades do mundo, e mundo para ele significa natureza, esconde-se um

Homem. Sim, dele pode-se garantir, com relativa segurança; trata-se, enfim, de um Homem. Zé se esforça para nos transmitir segurança, já que está com medo. Raro. Essa chuva, salvo engano de avaliação, vai transformar a terra num marzão, tudo aqui vai virar mar.

Estamos assistindo ao início do dilúvio. Isso vai ficando absolutamente claro. Não se ouve nenhum outro ruído, salvo o da destruição, dos gritos da mãe-natureza, que agora realiza uma limpeza de área; ela, que fornece a vida, agora transmite a morte. Só os fortes, os espertos, os flexíveis resistirão. Quem não teve tempo de se resguardar está se despedindo do mundo, sob os açoites impiedosos da destruição.

Viver! Eis o desafio desse mundo bizarro. Todos buscam a vida, mas quem espreita, a todo instante, é a morte. Todos querem viver! Seja o ramo, a raiz, a tenra planta, a orquídea, a parasita, a bromélia, seja enfim a maçaranduba, o cedro, o cumaru, o tamanduá, a onça. Todos buscam a vida, e vivem fugindo à morte, a grande dama sempre à espreita. Pôs a cara no mundo, não perdoa. É uma guerra dos infernos, uma guerra permanente a vida aqui na selva. O sujeito já nasce endividado.

Vendo de longe, vendo de cima, tudo parece harmonioso: rios, igarapés, florestas, flores, árvores. Mentira. É um engolindo o outro, e salve-se quem puder.

Para um viver, depende da morte do outro, e dessa contradição perversa a selva vai resistindo. Apesar disso tudo, emerge uma incrível coexistência. Pelo menos aqui na selva. Coexistência é licença poética, pois o mundo é um mar de confusão, de desgraceira. Principalmente aqui. O Zé olha para mim e sorri. Ri o riso da tolerância, mas nesse riso há julgamento. Com orquídeas nas orelhas devo parecer um *veado*. O Zé ri, e riso de reprovação. O Bediai fica indiferente.

Eis a melhor fotografia entre dois momentos históricos, entre duas culturas. O Zé reproduz o preconceito, a vida rija, dura, do homem que decidiu viver nessa região, contrariando todas as leis do bom senso. Aqui não há moleza para a existência humana; as condições são selvagens. Trata-se de um inferno. As populações urbanas da região, a maioria, não conhecem a selva enquanto natureza em estado puro. E o pior: odeiam tudo o que lhe diz respeito. O urbano da Amazônia é mais bundão, e põe bundão nisso, que o seu equivalente das cidades do Sul.

Bediai, no meu gesto, reencontra uma identidade, sua cultura tem outros olhos, e talvez por isso estenda a mão, dê uma força, firme uma cumplicidade, não julgue ninguém por usar uma flor à orelha.

A sabiá-preta está com medo

Esse temporal faz-nos sentir o cheiro da morte. Essa limpeza geral, essa rearrumação de ônibus lotado, obedece a desígnios imponderáveis. As árvores, mais frágeis, estão cedendo, sob elas despedem-se da vida os animais que por azar aqui se encontram, no dia e na hora errada. Que o mesmo não ocorra conosco. As pacas fogem, o veado deve estar espantado, acuado, na brenha de um tronco podre; a anta, a pesada anta, onde andará agora? E o quati, e o macaco prego, e o jaburu, a inambu, a cutia, a pintada, a traiçoeira pintada, o encouraçado tatu, que não abre mão de um buraco?

Há fragmentos de um ninho que balança diante de nós. A maçaranduba vermelha cedeu, caiu dos céus, e levou de roldão tudo, suas vizinhas, as árvores menores, gerando uma clareira imensa, absurda, no meio da selva. Quando o maldito desse temporal passar, se é que isso vai acontecer, ficará como memória a clareira, e a partir dela poderemos ver o céu, contemplar a lua, receber, enfim, os raios do sol.

Esse ninho que balança, que se perdeu, seus ovos não mais gerarão vida.

— Bediai, posso ir apanhar? Ele fica em silêncio, sorri e não diz nada.

— Dá um tempo — rosna, aborrecido, o Zé.

Sim, são os ovos de uma sabiá-preta. Ou serão de uma rasga-mortalha? Aos poucos a chuva vai cessando. Os trovões perderam sua força, e não mais assustam. De quando em quando um relâmpago, não mais riscando o céu furiosamente, não mais anunciando raios, raios mortais que partem ao meio uma castanheira, uma seringueira. O pesadelo durou duas, três horas, não sei...

O mogno que nos acolheu permanece imponente, e o Zé faz um gesto de agradecimento, olhando-o de frente, deslocando cerimoniosamente a cabeça das raízes até a sua copa. Eita árvore bela! Aos nossos pés a memória do dilúvio. O solo transformou-se num rio. É preciso dar tempo para que absorva esse aguaceiro, do contrário não poderemos prosseguir.

— E a caçada? Haverá ainda?

A pergunta pescava em águas turvas, continha veneno, apostava no desejo de que não haveria caçada. Ela fica no ar, sem resposta. Logo depois Zé acrescenta, fagueiro:

— Agora é que ficou pai d'égua. Vamos ter carne para encher uma canoa.

Voltamos a andar, com a terra encharcada, um dia belíssimo, uma temperatura suave, fresca, paradisíaca. Que loucura esse mundo! Quem diria! Depois da tempestade, a calmaria. Ninguém conhece essa selva impunemente. São mais de duas horas da tarde, sei lá. Estou com fome. Os pássaros retornam a seus ninhos, voltam a cantar, a claridade domina novamente, uma alegria explode, contagia. Bediai e Zé estão iluminados, tudo está iluminado, um grupo de pássaros corta o céu, alegremente, aos gritos, no que são seguidos, logo mais, por outros bandos. Após o vendaval, a vida volta buliçosa, e esse espetáculo ninguém pode narrar.

Estamos subindo um morro. Com os diabos! Essa região é ou não uma planície? Como pode? Os dois pedem silêncio. As armas são municiadas. Continuamos subindo. Até então vínhamos vencendo trechos encharcados, terras inundadas, e não poucas vezes a água, diga-se, correnteza, alcançava nossas cinturas. Agora tudo mudou. Terra firme. Escapamos da várzea, da terra inundada, das águas paradas, da ameaça do poraquê, das cobras, e mesmo das arraias. As arraias são o terror, mais que as cobras, mais que as sanguessugas. Num terreno plano, uma língua de terra surge diante de nós. Uma língua imensa, cercada de água por todos os lados. Para chegarmos lá teremos que recorrer a um tronco, que não são poucos. Observando melhor, trata-se de uma ilha no meio dessa floresta que virou mar. Esquisito, penso. Embrulhamos as armas, a munição e roupas num único volume. Decidimos dividir por três. A água está praticamente parada. Os peixes são muitos. Saltam ininterruptamente, buscando ar, buscando oxigênio.

Estamos despidos. Zé de cuecas, Bediai nu, e eu de calção. Três posturas, três leituras. E lá vamos, nadando com um braço fora da água, usando intensamente os pés, trocando de braço, buscando vencer as águas, já que ao menor descuido as munições vão pro beleléu e o resultado será doloroso. Esporro não posso mais levar, e esporro de tamanho gigante, se ocorrer agora. Lá vai o Bediai nadando, com água ao pescoço, ofegante. Sinto-me gratificado. Tudo correu bem. Estou tão cansado que não consigo falar, não consigo fechar a boca, estou naquele limite da asfixia.

— Que doideira, meu Deus! Cerro rapidamente minha boca e peço desculpas com gestos.

— Que nada, pode berrar à vontade. Daqui não fogem.

Estamos diante da arca de Noé. Veado, anta, cutia, paca, caititu, onça-pintada, um pouco maior que a pantera africana; mais adiante os desdentados, o tamanduá, a preguiça, o tatu; de carranca à mostra os jacarés, imensos, lerdos, bem nutridos; olhando para cima, para os galhos, uma sucuri imensa, na espreita de raios solares, pronta a transformar em carne moída o corpo de qualquer animal que lhe caia entre seus anéis imaginários. De instante a instante o focinho de um "bezerro" emerge, sopra, olha em torno, e volta a imergir: é o peixe-boi, às dezenas. Estamos diante de uma área de refúgio.

Há de tudo nesse emaranhado de cipós, árvores de grande e médio porte, bichos de todas as espécies. Em torno, água, solidão. Nessa ilhota, medindo quem sabe uns 300 metros de frente por uns 600 de fundo, contemplamos a arca de Noé. E com uma diferença brutal: devoravam-se mutuamente. Harmonia aqui não existe. É o preço desse albergue, desse hotel sinistro. Mais uma vez a sobrevivência — fome — e a morte regendo a vida.

A mata é indigesta

A onça pode se locupletar no rabo de um jacaré de pequeno porte; a jiboia esmagar, lentamente, assim como quem não tem pressa, um filhote de jaguatirica, ou qualquer outro animal de médio porte; os gaviões recolhem ruidosamente as traíras, numa poça aqui, outra acolá; a anta se permite, amavelmente, que o gavião-pinhé recolha com seu bico afiado os carrapatos que infestam sua pele; graciosas garças palitam, sem susto, sem medo, a dentuça de jacarés, expostos ao sol, expostos ao prazer gostoso da limpeza mandibular. Os dois vestem novamente suas roupas, acompanho-os. Alguns bichos se alvoroçam, mas não têm maiores alternativas de fuga, e fica acertado que só será eliminado o que for possível conduzir ao nosso acampamento.

Estamos abestados. As chuvas, os temporais, foram empurrando esses animais, inimigos históricos, inimigos histéricos, inimigos figadais, para aquela nesga de terra. Devoram-se. Mas essa promiscuidade, essa certeza e iminência de estraçalharem-se é a alternativa única; não há outra e, portanto, ali estão há dois, três meses, quem sabe, alguns vivendo nababescamente, vide os felinos, outros acuados, eternamente acuados, vide o veado. Para aqui se dirigiram todos em busca de alimento, água, terra firme, mas é possível que a maioria encontre a morte.

Só um se poupa a essa carnificina geral. Só um contempla esse "genocídio" sem correr o risco de nele se envolver, e o faz de maneira mórbida, não perdoando ninguém, rindo de todos, emitindo gargalhadas histéricas quando a onça captura uma anta, quando uma sucuri apanha um veado e lentamente o tritura, ou quando um gavião-real devora pela cabeça uma jararaca.

É o macaco. A cada luta "fratricida", em que uma ou as duas partes se estraçalham, lá está ele, entre seus pares, pulando de um galho a outro, incitando, torcendo, provocando, sacaneando, dando forças ao que parece se deixar derrotar, estimulando a continuidade do ataque, e, finalmente, aplaudindo ou vaiando o vencedor, aquele que manteve a vida provocando a morte. Aos bandos, aos gritos, sempre liderados por um, que tem em torno um estado-maior de dois, três, quatro comparsas sádicos, não descem, não vão ao solo, estão protegidos da carnificina geral. Contemplam-na. Acompanham, acirram, ironizam tudo. Num grupo de vinte, trinta macacos, não são poucos os acasalamentos. Mas há os solteirões, que vivem perseguindo, seduzindo as macacas acasaladas. E tome porrada de instante a instante! E lá vai o sedutor, de rabo entre as pernas, humilhado, após receber bofetões e dentadas do "marido" atento, após mais uma tentativa frustrada de adultério.

O Bediai mata um veado, o Zé, duas pacas, e eu pesco alguns peixes miúdos. Ali mesmo o couro é tirado, as vísceras jogadas fora, e toda a carne salgada. O calor, a umidade e as mutações climáticas não levariam senão algumas horas para fazer tudo apodrecer não fora o sal, praticamente o último da expedição. A região tem tudo, menos sal. Quem se der à loucura de vir até aqui leva o que quiser. Depois as águas descem, e os que resistiram a esse inferno, ou a esse oásis, reconstruirão suas vidas para logo depois, no ano seguinte, reproduzirem tudo de novo.

Relações perigosas...

O acaso, se é que existe — há quem diga que está tudo escrito —, proporcionou-nos um encontro inesperado; conhecemos, sob chuva intensa, Alyne Junot, bela, cientista e sensível. Essa qualificação de bela merece um esclarecimento.

Carente como estamos, tudo se transforma em estátua de Vênus. Viaja com um mateiro, jovem, que ela insiste em chamar de "técnico", certamente para não esvaziar a importância do trabalho dele, que não é pequena.

No início foi recebida com cautela, mas logo a informalidade se implantou, imagino, por sua beleza. A formalidade é uma defesa. Quem, aqui, quer se defender de uma mulher? Com o agravante, ainda, da beleza? A beleza tem essa prerrogativa, informaliza ou embaraça definitivamente as situações. Alyne está fora de sua área de trabalho, que se restringe a Manaus, Itacoatiara e ao vale do rio Uatumã, no estado do Amazonas. Busca localizar vestígios do sauim de coleira branca, um macaquinho que pesquisa há mais de cinco anos. Na procura dele — querendo saber de sua vida social, como se relaciona, como vive —, essa mulher jovem, francesa, que já morou na Indonésia, conhece a selva do Sudoeste Asiático, agora se encontra no Brasil.

Esguia, alta, morena e de olhos verdes. Não é pouco. É quase uma heresia. O Marcelo não se fez de rogado e decidiu entrevistá-la. Enxerido. Foram dois dias descontraídos que passamos juntos. Eis trechos dessas conversas, em verdade quase nada vadias:

— Onde o seu macaquinho se encontra?

— Ele só ocorre no Amazonas. E tem uma distribuição bem restrita. Não temos notícia dele em outras regiões. Encontro-me nesta viagem, há quatro meses, com o Antônio, o meu técnico, comprovando essa suspeita. Em suma: são macaquinhos muito restritos.

— Estão ameaçados?

— É — diz de forma pensativa, senão tristemente. — Discutia isso recentemente com um colega meu, também pesquisador.

— Quem patrocina essa pesquisa? — pergunta o Werther.

— Há um convênio do meu país com o INPA (Instituto de Pesquisas da Amazônia), um órgão do governo brasileiro, subordinado ao CNPq. Discutia com esse colega que ele não está assim tão ameaçado, já que pode ocorrer em matas secundárias.

— Mas a verdade é que, segundo você — completa o Alfredo —, ele ocorre em áreas muito restritas e com crescente concentração humana.

— Certo. Manaus, Itacoatiara, o vale do Uatumã, tudo isso está sendo invadido.

— No rio Uatumã se constrói uma barragem, uma usina hidrelétrica (Balbina) que irá abastecer Manaus. Será o fim de seus macaquinhos — comenta o Alemão com visível indignação.

— Há outro dado. Todos os eixos rodoviários partem de Manaus. Dessa capital saem rodovias para Itacoatiara; Boa Vista, em Roraima; Porto Velho, em Rondônia. São áreas invadidas. Surgem os grandes pastos, derruba-se a selva, tudo passa por essa devastação — diz ela.

— O progresso — pontua o Alfredo — não está nem aí para os seus macaquinhos. Não servem nem para antepasto dos peões. São pequenos demais.

— Eles podem sobreviver nessas matas secundárias, nessas capoeiras, e somam, no máximo, cada bando, oito, dez elementos.

— As guaribas, os quatás, os acaris andam em bandos bem maiores, eles que são grandes. Vimos recentemente, nessa expedição, bandos de mais de cinquenta macacos, saltando de galho, uma beleza.

— Pode ser uma questão de visualização — observa com delicadeza a pesquisadora. É que avançam, deslocam-se com extrema rapidez, retornam, pulam, misturam-se e nos fornecem a impressão de dezenas. Vemos às vezes o dobro do que realmente somam.

— Quais os maiores macacos da Amazônia?

— O acari, o quatá, a guariba. São enormes e dispõem de uma organização social totalmente diferente, por exemplo, do sauim. O sauim vive numa restrita família nuclear: pais e filhos, somente. A mãe sauim tem dois filhotes em cada parto. E a gravidez deve perdurar por quatro meses, não estou absolutamente certa.

— Há cinco anos com eles e não sabe da vida deles? — observa Iaci.

Desde sua chegada ela está mais feliz. O seu interesse por Alyne é o mais abrangente possível. Essas duas produzem uma delicadeza, um colorido que o grupo praticamente tinha apagado, senão diluído.

— Sabemos pouco, muito pouco. Mas estamos avançando. Precisaria de telemetria, de colocar uns radiozinhos no pescoço de pelo menos alguns, entre outras coisas. Temos que acompanhá-los. Distinguir com clareza o macho da fêmea, os mais jovens dos adultos, assim por diante. Num bando de sauim há apenas um casal que se reproduz.

— Incrível! — exclama o Marcelo! — Monogamia ou caretice?

— Carrettáá... por sua conta — observa com um sotaque muito carregado, e sorrindo. — Me parece que são monogâmicos, sem maiores conflitos existenciais, sem perda da virilidade. Todos os filhos têm um único pai e uma única mãe. Isso é o que conta.

— Eles têm no incesto um tabu? — indaga Iaci.

— Certamente. Não há trocas sexuais com a mãe, nem o pai com suas filhas. Os limites estão demarcados. Falo de meus macaquinhos sauim, portanto de uma organização social específica. Os macacos de maior porte — guariba, quatá, por exemplo — são diferentes. Nos macacos grandes a fêmea tem apenas um filhote em cada gravidez.

— Então formam bandos pequenos, não podem se reproduzir com rapidez?

— Não. Formam bandos imensos, de acordo com os que vocês têm visto. Nesses bandos, de quatá ou guariba, por exemplo, não há uma única família, um único clã, como entre os sauim. Esses bandos somam diferentes famílias.

— Estão, portanto — interrompe o Werther —, mais próximos de nosso homo sapiens.

— Portanto, diferem, e muito, do sauim.

— Por que os filhos não namoram a mãe, nem as filhas, o pai? — Iaci está mobilizadíssima.

— Os meus colegas cientistas, que sabem tudo e não sabem nada, admitem que existe uma inibição hormonal. A mãe inibiria as filhas de se exibirem e o pai inibiria os filhos.

— Vejo nisso — diz solenemente o Alfredo — uma confirmação religiosa e moral: não se deve comer a mãe.

— Nem tampouco o pai — acentua Zé, praticamente excluído da conversa.

...Nem tanto!

Ele, Bediai e Antônio retiraram-se, acenderam um pequeno fogo, estão comendo uma inambu e bebericando uma cachacinha trazida pelo "técnico" de Alyne. Zé interrompe, com os olhos vermelhos, não se envolve com a resposta, oferece café a todos e retorna ao seu grupo. Estão, todos os três, muito animados. Falam de mulheres, de suas vidas, seus feitos. Falam certamente de nós. Também.

— A moral de todas as religiões — discursa o Alfredo — tem raízes na própria origem de nossos primatas, portanto na própria interdição científica.

— No terreno das cascatas — enfatiza Alyne — cada um pode delirarrr por sua conta e risco. Nenhum regime de força, graças a Deus, conseguiu até hoje tributar o delírrrio (risos).

— Quando isso ocorrer, o Alfredo será um homem absolutamente falido.

— Vai à merda, boche!

— Como fica a sexualidade dos filhotes que não fazem amor e veem seus desejos reprimidos? Não vivem em estado natural e em comunhão com o prazer e a natureza?

— Acho que vivem juntos enquanto precisam de um aprendizado. Logo após o parto dos dois filhotes, a mãe engravida de novo. Ora, já prenhe, ela ainda assim tem que conduzir, às costas, os dois filhotes e amamentá-los. É uma barrra.

— Pelo visto — complementa o Marcelo — a situação da mãe, entre os seus macaquinhos, também é de grande opressão.

— Depende do ponto de vista. Onde você vê opressão, ela pode encontrar um grande prazer, quem sabe?

Alyne só responde àquilo que lhe parece pertinente.

— A mãe, portanto, tem que se desdobrar, e muito. Recorre, então, aos filhos mais velhos, que dividem com ela os cuidados exigidos pelos filhotes. Há uma participação muito grande do pai, que se soma aos filhos na tarefa de ajudar a companheira. Divide com ela os imensos afazeres determinados pelos recém-nascidos, pelos filhotes e pela gravidez. Todos participam. Há uma comunhão geral.

— Por que essa aprendizagem para todos?

— Não seja simplório, Alfredo — retruca o Marcelo.

— Em breve serão pais e mães. Já adultos, amadurecidos, os machos são expulsos do grupo ou emigram, indo formar novas famílias.

— O próprio bando os obriga a deixarem a condição de filhos, a crescerem, serem autônomos? — indaga Iaci.

— Tudo indica que sim. Embora essa seja uma ilação sua.

— Ainda não aprendemos essa necessidade elementar. Veja o Alfredo: insiste em ser filho, regredido. Ele e o Alemão. Mas o Alemão é europeu e a gente entende...

— Entende o quê, rapaz? — interrompe Alyne sorrindo. — Eu também sou estrangeirrrra. É verdade que a luta para deixar de ser filho é difícil, mesmo entre nós, primatas ditos mais evoluídos.

Escondidos no armário

Emite um sorrisinho discreto.

— O Marcelo canta de galo apoiado unicamente na sua juventude. Ela passa. E no seu caso será um alívio — ironiza o Alemão.

— Peraí, peraí... — tenta falar o Marcelo.

— Peraí um cacete — interrompe a Iaci. — Todas as vezes em que discutem ficam de pau duro! Observem daqui pra frente. Que falta de coragem!

— Basta de dissimulação — ajuda Alyne, apoiando. Os dois olham, a um só tempo, para a braguilha de suas calças. Rimos, comedidos.

— O que não entendo — insiste o Marcelo — é como não se enrabam, quebrando as barreiras do incesto?

— Falemos do nosso sauim com mais dignidade. Esse negócio de enrabar é linguagem chula, uma banalização do amor. Os sauim reproduzem-se, mantêm a espécie, a continuidade da vida. Vejam bem, a própria natureza cria inibições hormonais, favorecendo a monogamia.

— A poligamia é a gandaia generosa do processo civilizatório — observa o Marcelo.

— A poliandria também, não se esqueça — frisa Iaci. — E se temos notícia desse nosso longínquo passado, que se perde na noite dos tempos, ele agora está retornando. E em boa hora, não acham?

— Pra mim, uma mulher com vários homens é decadência moral — afirma com solenidade o Alfredo. — A utopia não busca isso.

— Chauvinista — diz carinhosamente Alyne. — Essa dificuldade genética é nada mais que um controle de entrecruzamentos. Se começam a cruzar irmão com irmã, pai com filha, mãe com filho, ocorre a degenerescência.

O PRIMATA É MONOGÂMICO?

Alyne fica muda por alguns minutos. Em dado instante indaga em voz alta, como se quisesse, solicitasse a nossa ajuda:

— Há uma pergunta: quem causou o quê? São monogâmicos, tudo bem. Essa monogamia decorre da característica da fêmea ter dois filhotes em cada cria, daí o macho ter que ajudá-la, ter que se dedicar inteiramente a ela, senão os filhotes morrem, não sobrevivem!

— Essa pergunta é impertinente, Iaci. Termina nos levando para uma esfera religiosa. Termina justificando a existência de Deus. E aí embaralha essa conversa — interrompe o Marcelo.

— Também não é proibido perguntar nada — corrige a pesquisadora.

— Filho é sempre uma batalha — acentua o Zé ao passar pelo nosso grupo, caneca à mão, visivelmente embriagado.

— Queres problema? Tenhas filho. Queres inimigo? Preste um favor. Lição de um velho turco que trafega no vale do Juruá — conclui Zé Messias, sem se envolver com a conversa do grupo.

— Eles são pesados e ela os carrega às costas, pulando com os dois, de galho em galho, conduzindo quase sempre uma gravidez, e ainda tendo que tomar conta dos mais novos, dos pequenos filhotes.

— Deve ser lindo o trabalho da mãe — fala enternecido o Alfredo.

— É lindo demais... Os dois agarradinhos, ela os defende com unhas e dentes, sempre ligada diante de qualquer perigo.

— O Zé matou recentemente um casal deles, com a sua espingarda — diz tristemente o Werther.

— ?

Alyne abre os olhos, perplexa.

— Não fale mais disso, por favor, pelo amor de Deus — corta brusca e agressivamente a Iaci.

— O que aconteceu? — indaga Alyne.

— Queira ter a bondade de prosseguir — diz secamente a Iaci.

Nos entreolhamos. Estávamos diante de uma cumplicidade, uma criminosa cumplicidade. O que seria da amizade se isso não existisse? Essa cumplicidade em nada nos dignificava. Mas ela existia. Cumplicidade criminosa, silenciosa, e que tudo pagaríamos para poder esquecê-la, apagá-la definitivamente de nossas memórias.

— Qual o maior tempo no mato? — indago.

— Seis meses, quem sabe sete, não estou certa.

— Sempre acompanhada?

— Sim. Há três anos o Antônio trabalha comigo.

— Como se sente com alguém fora de seu mundo, semianalfabeto, como rola essa relação?

— Tento aprender com ele, assim como também ensino. Aqui na selva ele é quem sabe mais. Não percamos de vista que me encontro na referência dele, no mundo dele. No meio da selva o "cientista" é ele. Tanto na nossa sobrevivência física como nos deslocamentos dos macaquinhos, a palavra final sempre a ele recai.

— Não é isso que estamos perguntando — explica o Marcelo.

— É verdade — sorri. — É difícil, compreendem?

— Como administra o seu afeto para um jovem saudável, cheio de tesão e tão diferente? Vocês transam?

— É difícil responder. Não. Nunca fizemos amor, embora exista uma grande ternura. Sei que ele gosta muito de mim, e o mesmo ele sabe de mim a respeito dele. Sabemos que o que gerou nosso encontro foi o trabalho. Isso é o fundamental.

— Então tem que ser preservado... — ajuda a Iaci.

— O encontro sexual, que não é o projeto perseguido, pode se revelar desastroso, ferir o pacto maior — lembra o Alemão.

...É PRECISO LIMPAR A MENTE

— Precisamos reger — prossegue Alyne — o nosso dia a dia com muita disciplina. Permeando essa disciplina dirigida para a leveza e liberdade de nossas mentes, o bom humor tem que estar presente. A selva, como vocês sabem, é hostil e perversa. Com humor, disciplina e concentração podemos experimentar uma vida simples em condições adversas. Aqui é mais essencial ainda. Isso tudo exige harmonia.

— Ah, é o que nos falta — registra Iaci, sorrindo suavemente.

— A postura serena diante da vida não passa necessariamente por práticas religiosas. Em vez do pecado, do temor a deuses punitivos, escrituras sagradas, que se busque os ensinamentos através de histórias engraçadas, leves e cheias de sabedoria. Aparentemente sem sentido, mas com atenção, recolhemos sutilezas nessas histórias. Ensinamentos valiosos. Por exemplo, um monge atravessou a China a pé, buscando encontrar-se com um grande Mestre. Depois de sofridas e longas caminhadas, localizou-o e foi finalmente recebido. Explicou que o procurara a fim de que limpasse a sua mente. — "Muito simples", respondeu o Mestre. "Basta não pensar em macacos". — Logo em macacos, vejam bem. Por sinal, a razão de ser de minhas pesquisas e de minha vida profissional. — Confuso com o conselho, o monge se retirou. Meses depois retornou mais confuso ainda, e apelou: "Mestre, não quero mais limpar a mente, mas me ajude a me livrar dos macacos".

Rimos comedidamente, conforme nos ensina a postura zen.

— Esperta essa mulher: nos indica um belo caminho de vida, com uma história tocante, mas não responde à pergunta quanto à sua vida amorosa.

— Nós só pensamos nessas coisas, e na natureza não é diferente. Uma espécie, para não desaparecer, tem que vencer os desafios da sobrevivência física e da reprodução — retruca a cientista.

— Essa é a essência da existência na Terra — conclui o Alemão. — Alimentar-se e se reproduzir. Tudo o mais é paisagem!...

— Mas houve um filósofo grego que, no século IV antes de Cristo, já nos ensinava: nem sempre o prazer é aquilo que nos parece, nem a felicidade consiste em buscar todo e qualquer prazer. O que precisamos aprender é a escolher os prazeres mais adequados para atingir a vida feliz, que "nos torne um deus entre os homens".

— Esplêndido, estou apaixonada por você, Aline! — grita a Iaci.

— Novamente o cheiro de enxofre. O capeta tá chegando — observa o Marcelo.

— Cala a boca, Marcelo! Quando se quer apanhar uma galinha, não se diz xô — fala baixinho o Alfredo.

— Mal interpretado, até insultado por detratores, Epicuro virou sinônimo de prazer pelo prazer, uma leitura ligeira de tudo o que pregou. A sabedoria, que nos abre a porta da felicidade, sem prejuízo de vivermos nossas misérias, não constitui nem uma graça da natureza, tampouco um dom divino, e, sim, resulta de um esforço continuado.

Epicuro entra na roda

— O Jardim de Epicuro, com maiúscula — lembra Alyne —, foi um dos belos momentos do ser humano na antiga Grécia. Ele dizia para seus discípulos que, de cabeça erguida para o céu, contemplando as estrelas, tropeçando indiferentemente num obstáculo, fosse de que ordem fosse, o filósofo, em sintonia com a beleza cósmica, torna-se mais divino que humano.

— Cercada de jardins naturais, numa das regiões mais belas da Terra, sinto-me uma discípula de Epicuro, cuidando da minha alma, mas não esquecendo em nenhum momento a atenção com o meu corpo. Nem sei se ele propôs isso. Mas acredito que, embora a vida seja dor e desilusões, a felicidade pode ser algumas vezes desfrutada. Principalmente quando a buscamos através da lucidez da inteligência e da serenidade da alma.

— Em suma, vocês dois nunca transaram? — insiste o Marcelo (risos).

— Monotemático, o insistente amigo — socorre o Werther, procurando ajudar Alyne.

— Deixemos o Marcelo perguntar o que quiser. Respondendo à sua ideia fixa: se isso ocorresse, aconteceriam as cobranças. Conhecem algum envolvimento afetivo sem cobrança? Não estou dizendo, o que seria absolutamente ridículo, que só se deva transar com quem estejamos amando, e amando muito. Mas habitamos mundos distintos, ele e eu.

— Dizem até que o melhor homem é o pior dos maridos... Até porque o casamento nunca foi o espaço mais adequado para as trocas sexuais.

— A paixão satisfeita está mais próxima da infelicidade do que se imagina...

— Tens sonhos eróticos? — pergunta o Werther.

— Às vezes. Mas tenho certeza de que eles me visitam regularmente. A selva é uma coisa estranha. Sim, sinto falta de um companheiro, uma pessoa com a qual pudesse dividir outras cumplicidades.

— Na cidade também sentimos...

— Mas é diferente. Na selva a gente reflete mais. Tudo conspira para que nos vejamos. Sonhando, às vezes, tenho certeza de que vivo infinitos orgasmos. Sonho demais. Penso demais. E me vejo por dentro, pelo avesso. E sofro. E pelo avesso retorno, aberta, disponível, imagino.

— A mata nos salva — diz, com convicção, Iaci. São os rios, as folhas, as árvores, os pássaros, tudo.

— A selva significa para mim a possibilidade de tornar minha vida possível. A tragédia do homem urbano é a ruptura com a natureza. Ninguém rompe com a natureza impunemente.

As duas se olham, abraçam-se, beijam-se delicadamente, e o fazem tão suavemente que ninguém faz troça, ninguém ironiza. Nem Antônio, nem Zé Messias, nem nossa alma machista e preconceituosa.

As duas se separam e Alyne continua muito emocionada.

— Dormir em rede, ser acordada pelos pássaros, pisar na terra intocada, beber água dos igarapés com as próprias mãos, parar, refletir, sentir enfim a vida em sua exuberância suprema.

— É um passarinho que pousa diante de nós — completa a Iaci —, uma formiga que nos surpreende, um veado, uma anta, uma paca que se assustam diante de nossa presença...

Bediai, espreguiçando-se, acordando de letárgica *viagem* de suas folhas misturadas com cachaça, não mostrou nenhum interesse por Alyne, pelo menos aparentemente.

— E a sexualidade?

— Não sinto tanta falta assim. Não tem me levado ao desespero... Há um ensinamento zen que nos diz: existe alguém que, embora não tenha comido arroz por muito tempo, mesmo assim, não sente fome. Existe outro que, apesar de comer arroz todos os dias, não se sente satisfeito.

— Já que estamos numa estrada mística...

— Mística porrrraa nenhuma! — corta a Alyne.

As duas se olham, riem, e a cientista volta a pontificar:

— A postura zen, os ensinamentos de Epicuro e a busca da serenidade permanente nos levam à transcendência, ao absoluto desprezo pelas palavras, e acima de tudo muito silêncio. Silêncio é a palavra-chave. Ele é sempre de ouro. Tudo isso termina nos conduzindo a gestos iluminados e iluminantes, e de resto a um casamento indissolúvel com o universo, com o cosmo, com o indecifrável.

— Falou e disse — derramou-se o Alfredo.

— Antes de perseguir esses ensinamentos — que em verdade não os conheço, apenas sou uma curiosa —, a selva, os rios, os animais, a vida eram algo indecifráveis. Na medida em que me fui iniciando, tentando entender com muita dificuldade, terminei aprendendo que a selva era apenas selva, os rios, apenas rios, os animais, só animais, os seres humanos, apenas seres humanos, nada além disso. A partir daí mudou tudo.

Alyne e seu mateiro nos deixaram. Levaram, quem sabe, um pouco de nossos tumultos e misérias; deixaram, concreta e claramente, muito de seus mistérios e sentimentos.

* * *

Acordando com o sol

O sol mal se firmara, uma neblina escura impedia que nos víssemos a uma distância mínima, e mesmo assim tivemos de levantar acampamento. Iaci, Zé e Bediai sempre acordam de bom humor. Os nativos saúdam o nascer do dia, enquanto os urbanos o praguejam. Marcelo, Werther e Alfredo raramente acordam alegres.

— O homem urbano só presta a partir das 11, 12 horas da manhã — garante o Alfredo.

— Antes dessa hora a humanidade é uma aberração — completa o Alemão. — Uma das imposições mais perversas dessa viagem, se não bastassem outras, é acordar de madrugada. De nada me queixo, fora essa violência diária — nem das condições adversas, nem da ameaça dos índios, nem mesmo da utopia, bate-estaca, do Alfredo.

Só bem mais tarde, quando a caminhada corre firme, iniciam o despertar. Mas é um processo lento. A banda urbana, antes das 11 horas, não abdica do que chama um saudável mau humor.

— O pior — confidencia o Marcelo — é suportar o belo astral desses nativos, o insuportável bom humor dessa gente ao acordar, mal o dia nasce.

* * *

— Venham ver, olha aqui uma *estrada* de seringa. Chegamos a uma "colocação", gente! Viva, viva!...

A descoberta e a alegria infantil do Zé Messias, confirmando a previsão do Bediai, soaram como um presente, desses que nos deixam em estado de graça, como se tivéssemos acertado na sorte grande; nos alvoroçamos, o astral foi reabilitado, o grupo começou a falar, Werther iniciou a interpretação de uma ária, o que levou Bediai a se interessar muito. Marcelo jogou sua mochila no chão e rodopiou, deitou-se, iniciou uma série de cambalhotas. Zé e Bediai riam, não menos felizes com a nossa felicidade. Iaci, cujas roupas pareciam molambos, abre os braços e, simulando um parceiro imaginário, dança, dança uma valsa, improvisa passos. Aplaudimos.

— É possível que ainda hoje cheguemos à "colocação", mas vamos com calma. Podemos surpreender o dono da casa, e quem sabe levar um tiro.

Era evidente que Zé exagerava, aquela alegria descontraída produzia desordem, ameaçava o seu comando, amolecia sua liderança autoritária. Antes de o sol se pôr nos deparamos com um roçado. Estávamos, enfim, nas cercanias da *"colocação"*. Uma clareira imensa rasgava aquele pedaço da floresta. Milho, feijão, jerimum e melancia. A colheita já havia sido feita, mas ainda restava uma espiga aqui, uma rama de feijão acolá, memórias tardias de uma safra generosa, quem sabe...!

Uma casa sobre palafitas, típica da região, nos recebeu. Nenhum ruído senão umas duas ou três galinhas, um pato macho, selvagem, domesticado, e finalmente uma galinha-d'angola. No mais, tudo silêncio.

A libido era enganosa

— O dono da casa — disse Bediai — deve estar "cortando" seringa. Logo mais ele chega, pois já escurece.

— É casado — informa Iaci. — Olha um porta-seios e a calcinha no quaradouro.

Todos olham. Tivemos, então, nossas fantasias. Enfim uma mulher que não seria Iaci. Lá estava o porta-seios, pequeno, uma calcinha — calcinha não, calçona, calção, dessas capazes de anular qualquer desejo, dependurada, seca, junto a outras peças que tanto poderiam ser femininas como masculinas. Calças, camisas, um lençol encardido, peças de mesa. O porta-seios permitia altas fantasias. Era pequeno, pequenino, provocador, quem sabe caixinha de segredos de seios tórridos, desejosos, a reclamar mãos suaves escalando suas curvas redondas; mas as calcinhas, nunca: pareciam cuecas.

A sala não tinha paredes, e sim parapeitos, e o resto da casa se traduzia num único quarto, que recusamos entrar, e mais um jirau, nos fundos, onde se instalava a cozinha. Duas panelas de alumínio, dois pratos do mesmo metal, colheres e facas. Garfos não havia. Banheiro, com privada, nem pensar. Nem existe esse recinto no interior das "colocações". Os seres humanos por aqui se juntam aos animais selvagens na tarefa de fertilizar o solo diretamente.

Deixamos as nossas tralhas, mochilas, jamaxi, panelas, armas, munições, equipamentos de filmagens, máquinas fotográficas, tripé, gravadores, microfones, na sala de estar, e cada um foi para seu canto, instintivamente. O ruído das águas de um igarapé podia ser ouvido à distância de 60, 80 metros, se tanto, da casa. Fomos, Iaci e eu, tomar banho, sozinhos pela primeira vez.

* * *

Gustave Flaubert, autor de *Madame Bovary*, e que no século passado, assim como neste, sensibilizou as almas cálidas, nunca escondeu seu desejo de "enternecer, fazer chorar as almas sensíveis". Este diário padece da mesma veleidade. Com diferenças abissais, naturalmente. Na verdade, o diário, assim como as memórias, os textos de vivência, tem uma estrutura narrativa mais solta que o livro, mais formal e austera. Pode-se dizer que o diário dispõe de uma estrutura singular, nada convencional: conversas livres, um dedo de prosa aqui, outro acolá, confidências, revelações impressionistas, histórias escatológicas — e põe escatológicas nisso — papos vadios, ao sabor do humor, das livres associações. Não o leve a sério. São fatos passados, fósseis da memória, que a câmera fotográfica do diário foi operando no dia a dia. Em verdade, em verdade, revelações vadias.

Iaci abre a guarda...!

Vesti um calção, recolhi os últimos pedaços de sabão de coco da minha mochila, e vi Iaci descalça, sem blusa, sem porta-seios, os cabelos soltos. Essa é a sua marca, ao longo dessa aventura. Segurou a minha mão e lá fomos correndo, brincando, na direção do igarapé. Pensei em tirar o calção, mas um sentimento de dúvida me impediu; se fico despido e meu pau levanta, pega mal, revela um desejo desproposital, corro o risco de parecer banal. Não devo me revelar assim, imagino. E a banalidade, para uma alma como a de Iaci, é fatal.

Se, por outro lado, não se apresenta, passa uma indiferença capaz de comprometer minha virilidade. E se isso não acontece, num momento em que dele se espera uma afirmação, meu constrangimento não será menor. Terror. Pelo sim, pelo não, não tiro o diabo do calção. Ele é, nesse momento, um segredo de estado. Retirá-lo, nem sob tortura. Mil chaves nele!

As águas do igarapé correm rápidas, entre pedregulhos que parecem pedras preciosas. Um grupo de piabas acompanha nossos movimentos, arredias, curiosas, mas o tempo todo em nosso encalço, à distância. Distância prudente.

— Tá um gelo; veja que beleza de água!

Iaci primeiro molhou os pés, os dedos, cautelosamente, depois retirou a roupa, devagar, peça por peça, sem pressa;

está agora nua, morena, belíssima, as formas de um corpo privilegiadas. Parece uma índia, em alguns aspectos, noutros é visível sua condição de mulher caucasiana. Trata-se de uma bela latino-americana. Estonteante. Visíveis os traços pré-colombianos em sua figura. No que tem de mais singular e exótico. Tudo bem, não tem os olhos de ressaca, nem tampouco o olhar oblíquo e dissimulado. Mas Capitu é uma personagem ficcional, uma instigante criação literária.

Iaci, não. É uma mulher de carne e osso, está diante de mim, um momento como esse jamais se repetirá, é uma dádiva que caiu dos céus; qualquer gesto, uma palavra a mais, uma palavra a menos, podem ser fatais; jamais, que fique bem claro, jamais vou me perdoar se cometer um vacilo, se pisar na bola. No cinema, na literatura, essas situações são comuns; na vida real nunca, senão contada pelos amigos vitoriosos, sortudos; não é o meu caso, então é preciso atenção. Todo o cuidado é pouco. Como é tensa a relação homem/mulher, antes do desfecho! E ele é imprevisível! Se é que haverá desfecho...

Schopenhauer já era

Nenhuma desatenção passará em branco. Ela agora se apoia numa árvore caída, senta-se, cruza a perna esquerda sobre o joelho direito; os cabelos escorrem, úmidos, pelo colo, pelos seios. Dobra suavemente a cabeça, está examinando os dedos dos pés, massageia-os lentamente; a uma distância de 8, 10 metros tenho o lençol de águas, na altura do queixo, e vejo, encantado, esse monumento à beleza, tão belo quanto um mogno, uma onça preta, uma borboleta negra, um entardecer na região. Se fosse na mata atlântica seria um jacarandá.

Contemplo, por debaixo da coxa esquerda, aquilo que uma mulher tem de mais misterioso para um coração apaixonado, exaltado, que ainda não a desfrutou. Pasmo estou. Falar já não posso. Todos os sofrimentos do mundo, decepções, derrotas, humilhações, valeriam a pena por esse instante. Ou mehor, todo o reino do mundo, suas glórias e poder não valem esse instante.

Ergue-se serenamente, olha em torno, para cima, se espreguiça com a descontração e a graça de uma felina; olha-me demoradamente, vara os meus olhos, e enfim se lança às águas, mergulha, dá um grito, um forte grito, e nada uns 10, 15 metros; retorna, ofegante, deixa as águas, senta-se na areia, e me olha, pela segunda vez, com ternura. E desejo, desconfio. Sinto-me ridículo, retiro o calção calmamente, deixo-o cair na água; vou até a ela e encosto, suavemente, minhas costas às suas.

¡Iaci piscou!...

Ficamos assim um tempo imenso, que não sei avaliar, e não há relógio que o consiga; é um tempo sem tempo, e depois vamos nos tocando, dedo a dedo, tronco a tronco, face a face. Então nos abraçamos e nos dirigimos a um banco de areia, e rolamos pelo chão úmido, rindo muito. Sinto uma vontade irrefreável de lambê-la naquelas áreas sublimes e majestosas, lambê-la demoradamente, partindo dos dedos dos pés e se estendendo pelos joelhos, demorando-me semanas, meses, anos, décadas entre suas coxas, e avançando sempre, sempre avançando, não querendo mais parar, nunca recuar, determinado — e cuidado, muito cuidado com as pessoas determinadas; e antes, antes mesmo de formar círculos com a língua, com a boca, em torno de sua pintura escuro-clara de flores, de orquídeas, de seu mistério supremo, me demorar séculos. Se possível fosse, milênios. Que tragédia uma vida tão curta para tão infinito prazer! Mas fico inseguro. É o nosso primeiro encontro, espero, e até agora não se chegou aos finalmente. Não temos ainda aquela intimidade dos amantes, e qualquer imprudência, precipitação, pode ser fatal. Seguro a minha ansiedade...

Levanta-se, uma escultura de Rodin, uma deusa mítica, pisa serena nas areias douradas das margens do igarapé, apanha a saia e do bolso retira uma latinha de filme, na qual recolhe uma pequena porção de folhas secas. Esmigalhamos juntos, e ela, utilizando folha seca de palha de milho, produz um impecável baseado.

Agradeço e começamos a fumar. Invadimos depois as águas, e ficamos brincando, apostando quem passa mais tempo submerso, quem recolhe mais pedras numa única mão; depois, mergulhando um na direção do outro, nos enroscamos. Por ser fim de tarde, a bicharada saúda o dia que finda, ou, como quer o Alfredo, o dia que recomeça.

Uma araponga explode, com seu grito de taboca rachada, e logo depois ouvimos o brado rascante de um tucano. Ouvimos, mas não vimos, essa a característica da mata. Nos filmes de Tarzan, nas selvas e savanas africanas, o que mais se via eram bichos selvagens: leão, crocodilo, serpente, chimpanzé por todos os lados. Aqui não se vê nada. Ou se vê raramente. É como se a selva estivesse em recesso. O seringueiro, uma ave misteriosa, já que dificilmente a localizamos, continua emitindo seus agudos assobios, sacaneando, dizem, todos que vivem na região, hostilizando os que devassam e violentam a selva com seus machados, armas de fogo, vibrações negativas. Sinto-me como se um Erik Satie ouvindo estivesse. Acordes doces, suaves, uma música que arrebata. Um casal de araras vermelhas corta o céu, passa às nossas cabeças, e na clareira formada pelas margens do igarapé vemos a dupla, em voo cadenciado, gritando, anunciando, quem sabe assumindo, publicamente, uma paixão de fim de estação. Não é o nosso caso, imagino.

À nossa cabeça uma imensa castanheira nos mostra ninhos de japiins, e vemo-los assustados, pretos, saltando de galho em galho, piando, associando-se ao festival de vozes de um fim de tarde e início de noite. Esse pássaro, lindo, preto e amarelo, reproduz com fidelidade o canto de todos os outros. Vai mais longe: constrói os ninhos sempre próximos às casas de maribondos, protegendo assim seus filhotes dos predadores, que não são poucos. Um inambu se assusta, por razões que jamais saberemos, e se nos foge a uma distância de 5, 6 metros. Não o tínhamos visto, mas Iaci respondera aos seus assobios — assobios de um macho sedutor, certamente. Ele talvez tenha descoberto o blefe e nos abandonado, surpreso e decepcionado.

O desejo não tem juízo

Há uma árvore caída, seca, que serve de ponte para a travessia do igarapé, e nela Iaci vai se sentar. Fica me olhando, eu mergulho, volto à tona, à altura de seus pés, e começo a beijá-los. Ah, tentação. Ah, desejos. Vou subindo, alcanço seus joelhos, passo batido pela zona de perigo, e penso: essa sereia, imersa nessas águas e aleias diante de mim, não vai me enfeitiçar, não vai me perder; preciso que me prendam nos troncos dessas árvores, preciso não ouvir o seu canto, no caso o cheiro delicioso do corpo, de suas entranhas. E passo batido, fica para a próxima, penso, e vou lamber arrebatado seu ouvido, sua boca, seus seios. Ela me olha, e pede para descer.

— Devagarzinho — propõe ela, assim como quem chora de felicidade e prazer de estar viva.

Entro em pânico. Inclino a cabeça e percebo que a minha bandeira está a meio pau. Ou, falando mais francamente: inteiramente arriada. Tudo, menos isso, penso. O *Cogito ergo Sum*, de Descartes, foi um golpe mortal, foi o fim da filosofia escolástica, pode-se até aventar, o fim da Idade Média, da idade das trevas, e os jesuítas perceberam muito bem. Eu, nesse momento, ao lado da mulher que venho desejando há um ano, desde que a conheci, aquela com a qual venho sonhando há duas, três décadas, a mulher idealizada que se tornara real, a mulher inventada nas noites de fantasia, a mulher sempre perseguida e nunca, nunca encontrada, a mulher projetada, construída nos instantes de solidão, nas mesas de bar, nas rodas de amigos, aventada como forma de hostilidade nos desencontros amorosos, aguardada como quem vai ao primeiro baile, estava finalmente diante de mim, oferecendo-se, e eis que o degas aqui se vê, literalmente, de pau arriado.

Nenhum sistema filosófico, nenhuma ideologia, nenhuma revolução social, cultural, nenhum trauma de infância perdoará essa omissão. E sei, por antecipação, que ela desgraçadamente pensa o mesmo. Bati asas demais para depois não decolar. Eu me imaginava um DC3 e não passo de um aviãozinho fuleiro, um teco-teco.

Crime nefando, abominável, inafiançável. Nenhuma mulher reabilita um homem que comete essa desfeita. Percebe tumulto em meu rosto, certamente; então, transformando vontade em determinação — ah, otimista Schopenhauer! — seguro com firmeza todo o seu corpo, recorro aos deuses da generosidade, respondo com uma frase curta, que ela compreende, e sorri: "Estou tenso..."

— As coisas nem sempre acontecem como desejamos — tenta me confortar.

Segura minha mão e me puxa para a borda da pequena praia. Deita-se, suave e ternamente. Os meses, anos e décadas de expectativa agora se traduziam em convulsões.

Milagre, nem no mato...

Escurecera quando retornamos à "colocação". Antes de deixarmos o igarapé ouvimos latidos, e logo depois viera também se banhar todo o grupo. Houve algazarra, todos caíram na água e até o Zé, geralmente travado, liberou-se, e participou da bagunça geral. Não que tenha ficado despido...

Foram eles que nos trouxeram a notícia: não havia um casal na "colocação", e sim uma dona, uma mulher, que se faz acompanhar de dois cães esqueléticos e mais um macaco-guariba, ora dependurado às suas costas, ora correndo pelo chão.

Os cachorros vieram em nossa direção, latindo, ameaçando, a dona ralhou, e finalmente se acalmaram, cheirando nossas pernas, lambendo os pés de Iaci, cheirando suas coxas, certamente com memórias ainda vivas. Marcelo iniciou pescaria em águas turvas.

— Percebo, Iaci, um cansaço saciado em seu corpo, doce amiga.

— Talvez possa dizer, como Calpúrnia, mulher de César: saciada sim, satisfeita nunca...

* * *

— Ó de casa, boa noite, podemos chegar?
— Entre, gente de Deus, a casa é de *vosmicês*. É que saio de madrugada, nos dias de *corte,* e só volto à noitinha.
Não era uma mulher bonita. Por aqui esses acidentes são raros. Nenhuma mulher pode ser bela num fim de mundo assim, hostil como esse. Só que para o nosso grupo, digo, os homens, o tempo de isolamento faz de qualquer uma a deusa do encantamento. Talvez, no passado, tenha sido desejável. Diante de nós, agora, uma ruína, uma pálida memória, quem sabe, de ontem. Magra, quase esquelética, adquirira o perfil de um homem, a postura viril exigida para sobrevier nessas condições adversas. Viver na selva não chega a ser o espaço ideal para o exercício da feminilidade nos padrões que conhecemos. Não deveria ter mais de 45 anos, mas a pele, o rosto, os dentes, seios, enfim, todo o corpo revelava uma sexagenária. Só a voz negava esse outono; olhando melhor, um verdadeiro inverno.
Na entrada da casa, um pouco de sua vida: espingarda calibre 20, jamaxi, tigelas de cortar seringa, sacos encauchados, munição, cartuchos usados, faca, facão, tabaco de rolo, uma bolsa defumada, feita certamente por ela, onde guardava palhas de milho para cigarros com fumo esmigalhado.
— A casa é pobre, mas temos feijão, arroz, jerimum, tudo plantado com essas mãos calosas.
— E abençoadas — apressa-se o Alfredo. — Aquele que come o que plantou está de bem com Deus, com a vida. Essa é a dimensão utópica que perseguimos.

— Estão perseguindo quem? São do Exército?
— Virou agora o nosso Conselheiro Acácio. Já não bastava a utopia...
— Qual é o seu nome? — indaga o Werther.
— Dona Francisca Melo. Mas me chamam de D. Nêga. Desde pequena peguei este apelido.
— Somos do Exército não, minha senhora — corrige o Marcelo. — É que ele vive delirando com a utopia, atrás dela feito marido traído.
— É mulher? — pergunta ingenuamente.
— Não, é delírio, porra-louquice, loucura mesmo.
— É que a gente vai desaprendendo a falar. Há quase três anos não via alma de cristão, podem crer.
— Não sente falta de gente, de conversar?
— Como não, filho de Deus! A tropa de burros do patrão passa uma vez por ano. Levam as pelas de borracha, castanha e couro dos bichos que a gente vai abatendo. Em troca deixam o que pedimos na última viagem. A gente pede hoje e vai ser atendido um ano, um ano e meio depois. Os seringais estão acabando.
— Três anos sem ver ninguém?
— É, acho que sim, mais ou menos. Como vou saber? Não tem calendário. Quem quer conhecer estes confins dos infernos?
— Vive sozinha?
— Sozinha não. Vivemos eu, o Gostoso — o macaco —, o Ferra-Braz e o Gaivota, estes dois cachorros, mais os patos, galinhas e a bicharada aqui da selva. Ainda tem índio por aqui. Não fazem maldade, não. Aparecem uma vez na vida, outra na morte, sirvo bem eles, já dei uma cachorra, ficaram felizes, me deram mel, mas isso é muito raro. Há dois, três anos, imagino, não param em minha casa. Vejo só o rastro deles.

Tem bizarrice na "colocação"

Durante a conversa, que já se estendia por horas, o Gostoso nos forneceu uma pequena mas expressiva demonstração do tipo de aliança existente entre ele e D. Nêga. Ela o tratava como se fosse uma pessoa. Ralhava, afagava outras vezes, ele se recolhia desconfiado, rejeitado, e lá ia ela pedir desculpas, toda carinhosa; então ele se recolocava, voltava a pular nas costas dela, a sentar no seu colo, agarrar-se às pernas esquálidas da mulher. Impossível alguém se aproximar dela com o Gostoso por perto.

— Tô viúva há muito anos. *Carapanã* aqui mata feito a *goitana*, nessa cozinha do inferno. Devo ter tido mais de vinte dessas pragas. Não morro mais delas. Mas a gente nunca sabe, né?

— Seu marido morreu de quê?

— O patrão, o antigo dono desse seringal, mandou matá-lo. Ele não vinha *colhendo* o que se espera de um seringueiro que tem mulher. Inventaram uma pescaria, ele recebeu um tiro no peito, e eu fui entregue a outro seringueiro, que tinha *saldo*. O traste logo depois morreu picado por cobra.

— Vive sozinha desde então?

— Já disse que não vivo sozinha.

— E quando adoece? Quem trata da senhora?

— Deus e o Gostoso. Podem acreditar. Essa velha não tá mentindo, não.

O Gostoso então ficou ouriçado, parecia entender a gratidão. Pulava pra cá, pra lá, subia nas paredes, ia até o fogão, destampava e tampava as panelas, simulava ter se queimado e finalmente, como prêmio maior, agarrava-se ao pescoço de D. Nêga de forma esquisita, quase humana.

— Vamos descansar hoje à noite e durante o dia, amanhã. Mas logo, logo, pé na mata.

— Por que *tão* vexados?

— Os índios estão nos perseguindo, invadimos o território deles e o grupo está estropiado. Esses moços são da cidade, não são do Exército, não, e *tão* um ano viajando, sabemos lá, sem parar. Agora é apagar o fogo.

— *Tão* pagando promessa? Desconjuro...

Uma gargalhada coletiva, já que a observação, quase intuitiva, exibia a face dificilmente assimilável do grupo, sobretudo para as pessoas da região. As filmagens em si, o projeto literário do Marcelo, a minissérie do Alemão, o sentimento de tragédia da Iaci, a disponibilidade permanente do Bediai e do Zé Messias não seriam suficientes para justificar o prolongamento sempre imprevisível da expedição.

— E o macaco, a senhora não quer vender? Pago bem...

E aí, pela primeira vez, o trovão aconteceu primeiro que o relâmpago; renegou-se uma lei física, e a velocidade do som venceu a velocidade da luz. A Terra deixou de ser redonda, e o sol virou satélite dela. Criou-se um mal-estar insuportável! Uma bomba arrasa-quarteirão foi lançada pela ignorância do Alemão a um mundo que lhe é inteiramente estranho, em cima da "colocação" de D. Nêga.

Ela olha nos olhos dele, não responde, permanece estática, muda, pede licença e retira-se para o único quarto da sua casa. Todos nos olhamos e o Alemão foi ficando abatido, desolado, com os olhos suplicando esclarecimentos, querendo saber o quê de grave havia cometido mais uma vez, e agora contra uma pessoa tão amável, generosa, isolada nas entranhas da selva.

Bediai chamou-nos para o terreiro, fazia uma lua belíssima, como já foi dito outras vezes; o esturro de uma suçuarana fez-se ouvir, distante, e tantos se seguiram que parecia um bando à época do cio. Iaci permaneceu na cozinha, providenciando a comida, esperando uma oportunidade para reatar contato com D. Nêga. Ela, melhor que ninguém, saberá como conduzir essa reaproximação, melhor que ninguém compreende a alma ferida de D. Nêga, auscultando seu ressentimento, desfazendo os nós criados pela gente urbana, invasora, inábil. Todos nós.

—Tem culpa não, Alemão — conforta Bediai — Esqueci de alertar: Zé e Iaci já sabiam, o Gostoso é o companheiro de D. Nêga.

* * *

Essa foi a despedida. E não se falou mais. Não que o tempo apague. O tempo não apaga nada. Dilui.

Os aborígines querem paz!...

Voltamos a ser seguidos. Os índios não têm sequer o cuidado de disfarçar as pegadas. Desaforados. O fato de sermos seguidos, observados, olhados, acompanhados e não poder fazer o mesmo em relação a eles vai-nos fragilizando, diminuindo. Estamos tensos, inquietos e paranoicos. Merda, esses índios!

— Eles querem nos *pacificar*. Mostramos o nosso lado bom, e desejam agora nos atrair, *amansar*.

Sempre que Zé Messias levanta essas questões surge uma polêmica. Surgia. Ultimamente não há vontade pra nada. Voltamos a ficar mudos. Por outro lado, o grupo, como um todo, está mais consistente, mais desenvolto. As caminhadas fluem naturalmente, sem os tropeços recentes.

* * *

Estamos quase na metade da década. Anos 1970. Onze anos de milicada no poder. Esses tempos não serão impunes. Para o bem ou para o mal.

* * *

A inércia finalmente foi vencida. Há semanas não pegava num papel. Os índios fizeram, recentemente, um grande rebuliço muito próximo ao nosso acampamento. Ficamos na nossa. Gritaram, acenaram com as mãos, correram e depois sumiram. E foi mais ou menos assim, no passado.

* * *

No dia 2 de maio de 1500, Cabral e sua expedição levantam ferro, continuando a viagem para o Oriente. Dois condenados, cujas penas de morte foram no Reino comutadas em degredo, ficam em terra. Um deles chamava-se Alonso Ribeiro; do outro, não restou nem o nome. Era uma praxe deixar degredados. Cabral trouxe em suas naus vinte desses homens, acusados de crimes políticos ou religiosos, ou de práticas homossexuais.

Os dois, nesse dia 2 de maio, "começaram a chorar e foram animados pelos selvagens, que mostravam ter piedade deles", segundo nos narra o diário de bordo do cronista João de Barros, confirmando assim a missiva de Pero Vaz de Caminha.

Deixados entre os índios, caso sobrevivessem, não fossem devorados — prática nada rara naqueles tempos — deveriam aprender a língua. Mais tarde ajudariam na localização de minas de ouro. É o que se perseguia naqueles anos distantes. A religiosidade era pretexto, conversa de joão-sem-braço.

Os europeus eram chorões

Os marinheiros de Cabral os deixaram em terra e eles retornaram chorando na direção das naus. Eram novamente conduzidos ao continente, e logo depois os índios os ajudavam a retornar às embarcações. A situação estava a se repetir, não tivessem os aborígines percebido que os dois deveriam ficar. De imediato, os índios começaram a tocar o corpo dos dois condenados, de tal maneira engenhosa e meiga que foram se acalmando no contato terno entre aquelas duas culturas, tão opostas, tão antagônicas. E lá ficaram os dois europeus, no início em pânico, aos berros, aos gritos, mas logo acalmados, tranquilizados pela ajuda sensorial de um povo que não tinha o pecado como princípio nem o prazer associado à culpa.

Esses aventureiros procediam de um mundo estreito, insulado, feio, faminto e de sacanagem reprimida. A longa noite de mil anos da Idade Média reprimia qualquer desejo. Os europeus estavam condenados e restritos ao Mediterrâneo, não ousavam penetrar no Atlântico, e ignoravam a existência de outros territórios, outras praias.

Europa mergulhada em crises, pestes, inexistência de perspectivas. As fugas de marinheiros, bandidos e náufragos que, aqui chegando, daqui não mais desejavam sair representavam acertar na loteria, dar cobra na cabeça. Os governantes levaram décadas para descobrir que degredo no Novo Mundo não era punição, mas prêmio. Todo o litoral brasileiro tornou-se região edênica para esses homens audaciosos que fizeram do século XV ao XVIII um dos períodos com mais adrenalina da história contemporânea.

Um mundo florido durante todo o ano, sem divisão de estações, sol quase todos os dias, inexistência de exércitos, polícia, Igreja, penas morais e, se mais não fosse, mulheres banhadas, raridade para todos eles, despidas de culpa, outra raridade, sem constrangimentos, no delicioso exercício de *surucar*. Fazer amor para essas nativas não era uma prática proibida, pecaminosa, só viável, sem a punição do inferno, com a bênção da Igreja. Era uma doação, uma entrega tão generosa e inocente como uma celebração religiosa, uma missa, um culto evangélico, um sorriso de criança. Nadar, plantar, correr, beber, comer, namorar eram celebrações aos seus deuses; correspondiam, só que numa esfera de prazer, às nossas cansativas cerimônias religiosas. Fazer amor — *surucar* — inseria-se nesse mundo como celebração, melhor dizendo, indulgência, e se praticava como se prece religiosa fosse.

Não que viver aqui fosse fácil. Exigia uma renúncia absoluta ao país de origem, à língua materna, à família, aos costumes, à alimentação. Guerras internas, guerra entre eles e contra colonizadores, um escarcéu que nunca cessava.

Não bastava viver nu — o que não era pouco em se tratando de europeus — e sair comendo as adolescentes índias, no melhor dos mundos. Não bastava aprender o uso do arco e flecha, comer gafanhotos e bunda de tanajuras, dormir no chão ou em redes. Era preciso ir mais longe. Comer, por exemplo, o inimigo abatido, como forma de evitar que do outro mundo voltasse a infernizar a aldeia. Mas valia a pena. Em nome da *surucação* sempre valeu a pena quase tudo em nossa vida. Mesmo passando por umas experienciazinhas antropofágicas periódicas.

Tais náufragos, degredados e fugitivos logo exerceriam grande liderança em todas essas culturas. Casavam com as filhas dos chefes, encantavam com seus conhecimentos, dominavam o fogo, inauguravam sacanagens, os mais ousados podiam até generalizar o boquete, essas coisas todas, quem sabe... As índias desconheciam também as doces orgias civilizadas.

O BICHO VAI PEGAR

Quando ouvimos o Zé dizer pro Bediai "ou vai ou racha", a imagem desse primeiro *contato* ressurge, desse choque que se alastraria a partir do século XV, exterminando ou subjugando, em nome da cristianização, da civilização, centenas de povos. Despidos, vestindo apenas as corroídas bermudas, Bediai e Zé pedem que fiquemos na "retaguarda".

Agora não havia um rio, e sim um igarapé nos separando de um grupo de apenas uns dez índios. Zé convence Bediai de que é melhor ele ir sozinho.

— Você atravessa o igarapé comigo mas apenas eu vou abordá-los.

— Tá certo — ele concorda.

Lá vão os dois. Atravessam o igarapé nadando, a largura é razoável — 20, 30 metros —, e o fazem rapidamente. Os selvagens no início formam um grupo maior, mas tão logo veem os dois nadando, alguns se escondem no mato.

Descalços, olhos de gato, postura ereta, vemos os dois conversarem rapidamente e, logo depois, de forma decidida,

Bediai vai na direção do grupo remanescente. A estratégia se invertera. Quem fica agora na beira do riacho é o Zé Messias. Os índios estão nervosos. Reproduzem o mesmo ritual: gritam, pulam, correm, batem com as mãos no rosto, nas pernas, no peito, cospem para cima, cospem em si mesmos. Resoluto, Bediai caminha no rumo do grupo que resistira e não se escondera. Eram apenas seis, oito jovens. Quando distavam uns 15 metros, um índio, o mais decidido, todo paramentado para a guerra, arma seu arco e flecha e os aponta em sua direção.

— Cuidado, ele vai te acertar — berra o Zé, descontrolado.

Bediai vira as costas para o grupo de selvagens. Olha na direção do Zé, reluta por alguns segundos e retorna vagarosamente. Frente a frente com seu companheiro, pede que "tenha calma".

— Se a gente não tiver, cumpadre, a coisa piora.

Zé balança a cabeça, concordando. O Alemão come os fiapos de pele dos dedos. O Alfredo prefere não olhar nada, fica de costas.

Estão parados, olhos fixos nos dois. Exibem bordunas, arcos e flechas. Estão pintados com as cores vermelha e negra. Sinistro. O que se adiantara continua feito um felino, petrificado, com suas armas na direção de Bediai. E lá vai ele novamente, dá as costas para o Zé; antes disso, olha rapidamente para nós. Iaci tem os olhos vermelhos. Bediai descalço, sem camisa, já não tem o porte ereto, está curvado, parece um velho, um Ulisses alquebrado, melhor dizendo, um velhinho. Puta que pariu, meu Deus, não quero que o matem! E então Bediai anda devagarzinho, o índio apontando o arco em sua direção, a qualquer momento essa maldita envenenada dispara. O Alemão lembra feito um babaca que "Bediai deveria ter levado uma arma", e então vemo-lo tropeçar, a uma distância de uns 5, 4 metros dos aborígines, e logo depois cair, fragilizado, cansado, igualzinho a um ancião. Antes já se mostrava trôpego, não estávamos entendendo nada; merda, que estratégia dos diabos esse selvagem está utilizando? Não deve ser assim o procedimento no primeiro contato. Bom, também não existem manuais ensinando como contatar pela primeira vez.

Joga-se ao chão, segura o tornozelo, exprimindo muita dor, muito sofrimento; está igual a um ancião, um ser abandonado no meio da selva, e os índios começam a cercá-lo; já não há mais arcos e flechas apontados, há curiosidade, há medo, há tudo, e vão-se chegando, chegando, e estão agora tocando, apalpando os dedos, os pés de Bediai; estão agora curvados, tocam, correm, voltam, tocam novamente, e eis que Bediai salta feito um tigre.

Bediai é uma onça

Salto de felino, de um selvagem que ele nunca deixou de ser, que ele jamais quis deixar de ser, embora no dia a dia tenha a serenidade de um monge. Quem já viu um ataque de um felino? Ou sua reação instintiva diante de uma surpresa, um tiro? Pois bem, Bediai é um felino. Recolhido, silencioso, quase curvado, quando se lhe exige uma ação ele todo se transforma. Vira uma pintada. Bediai é, antes de tudo, uma pintada, uma onça grande. Recupera a postura que imaginávamos ter perdido. Ele que sempre foi um forte, um demiurgo quando se lhe exigem milagres. Começam a rolar pelo chão seis, oito, dez índios, todos se agarrando, rasgando a relva, gritando, berrando, e então Zé explode:

— Bediai tá vivo, viva o Bediai!

E lá se vai o Zé correndo, na direção daquele tumulto, e agora rolam, abraçados, gritando. Iaci lança-se às águas, atravessa o igarapé, sigo-a e me vejo no núcleo de uma situação caótica. Ufa! Caótica? Não. Absolutamente bizarra? Talvez. Única, sim. Indescritível. No que fala, no que narra, já é outra coisa. A arriflex, essa valente câmara alemã, filma o agarra-agarra, com suas incomparáveis lentes, mas está distante, anos-luz longe de revelar o que se passa agora entre nós. Rolando pela terra, vemo-nos tocando, batendo, abraçando aquela gente, aprendendo a falar sem palavras; e vão passando as imagens, a cidade, a utopia do Alfredo, a ingenuidade do Alemão, o macaco de D. Nêga, o porquinho enrabado, as borboletas negras, e vamos percebendo que a vida estava ali, no meio da selva, no meio da gente. Nem que fosse por alguns instantes. Estamos cansados. Anulados. Nós e eles, que formamos um único bloco. Sujos, estamos todos. Alguns já se banham.

— Estou morta — confessa Iaci.

Em torno, o resto do grupo. Vi o Marcelo chorando. Zé bate nas costas do Alemão, brincando:

— Ainda vai contar muitas histórias pra tua filha...

A PLATEIA PEDE HOMERO

Vamos cantar o feito, pedir às musas da selva que nos ajudem a narrar a coragem e a astúcia desses dois bichos do mato? Cantar a coragem, detalhar todos os instantes, refletir sobre os riscos que os dois viveram? Tudo são hipóteses. Se tudo são hipóteses, que se danem os mosquitos, que nos infernizam, principalmente as costas e as pernas, transformando-as numa placa permanente de sangue. Os mosquitos, insuportáveis vampiros, sim, mereceriam pelo menos um capítulo. Só quem conhece a selva pode imaginar o que é permanecer quase dois anos entre eles.

— Essa camisa — disse Marcelo — foi comprada numa butique de Ipanema, numa finíssima loja do Rio. Pra não saírem aí pelo mato dizendo que o Marcelinho é pata de anta, pão-duro, levem-na, seus aborígines.

Os índios riem, não largam nossos corpos, ficam de mãos dadas conosco; chegaram algumas mães com seus filhos, o clima é de confraternização. Os adolescentes, índias e índios, são encantadores. Não há dúvida de que permanecemos tensos, tantas as histórias de massacre atribuídas a eles. O que não deixa de ser verdade. O Possidônio Bastos e o Acrísio, companheiros de outras viagens, foram assassinados e comidos pelos Cinta-Larga de Rondônia. O Possidônio era repórter do jornal *O Globo*. Todo cuidado, na fase atual, é pouco, nos alertam os dois guias. Zé teve de orientar o Alemão, senão ele ficava praticamente despido; emocionado, começou a dar tudo que tinha: meias, cuecas, cinto, lanterna, enfim, tudo que ainda restava em sua mochila. Inclusive uma lata de leite condensado, iguaria divina numa expedição, que ele mantinha escondida.

Alemão safado. Bem-feito. Os índios provaram e repudiaram às gargalhadas, com muito nojo, e terminaram lançando todo o leite fora, como quem esvazia uma garrafa de vinho avinagrado.

— Calma, Alemão, esses aborígines são insensíveis a tais iguarias.

Ainda somos selvagens

Os selvagens nos convidam para visitar sua aldeia. Recuamos. Gato escaldado tem medo de água fria. A síndrome dos massacres alimenta nossas paranoias. Exibindo os dedos dos pés e das mãos, dezenas de vezes, nos mostram que na aldeia há muita gente, talvez centenas de outros índios. Reproduzem o gesto de contar repetidas vezes, chegando a nos enfadar.

Um índio não larga a mão ou a cintura do Alfredo. Para onde ele vai, lá vai o indiozão agarrado ao seu corpo.

— Tô fotografando tudo — diz maliciosamente o Marcelo — E agora... Cadê a utopia? Convive bem com essa *viadagem* toda?

É visível que o Alfredo está pouco à vontade, que sua couraça de civilizado, rígido, fica à prova diante de um homem nu que o toca afavelmente, que o olha nos olhos, que não tem pressa no cumprimento, que gosta prazerosamente de abraçar o seu corpo.

— Só pensam merda! — diz.

— Agora temos o controle do terreno — afirma, vitorioso, o Zé Messias. — Teremos, no máximo, uma semana de viagem. Seguindo na direção onde o sol nasce, chegaremos a um povoado. Temos a orientação necessária. Tudo sob controle. Os índios, com seus gestos, deram algumas dicas.

— Por que não visitamos a maloca deles? — indaga o Alemão, confiante, audacioso, cheio de marra.

— Pra quê? — questiona Iaci. — Esse encontro, esse primeiro contato é o início do extermínio. Estamos diante do começo do fim. Nossa cultura vai violentar toda a existência deles.

— Como assim? — interrompe o Alfredo.

— É um salto, um passo de 10, 12 mil anos numa fração de horas. Daqui pra frente vão ter que repensar a própria cosmologia. Por exemplo: os Awa-Guajá pensavam que as nuvens fossem fumaça de fogo. Andaram de avião e perceberam que essa história estava errada.

— A primeira vítima dessa reparação deve ter sido o pajé — observa entre irônico e cauteloso o Alfredo.

— Eles precisam permanecer isolados, assim imaginamos. Que podemos lhes oferecer? Que espaços lhes daremos? Que podemos lhes propor? Nada, salvo quebrar a espinha dorsal de todos eles com os nossos valores, doenças, competição e tecnologia, que levarão décadas, séculos para ter acesso e dominar. Mantê-los isolados, enquanto possível for, é ganhar tempo, é nada mais, nada menos que ganhar tempo. De tal forma que, no futuro, com eles vivos e ainda isolados, aprendamos nós, civilizados, a conviver e respeitar o diferente.

A Iaci prossegue lembrando que "nós, homo sapiens, existimos há 40 mil anos, vamos supor. Só recentemente, há 10, 11 mil anos, desenvolvemos a agricultura, deixamos de ser nômades. Núcleos urbanos, cidades, bem mais recentemente: 6, 5 mil anos, se tanto".

— Ou seja, a humanidade passou muito mais tempo perambulando, sobrevivendo de caça e coleta de frutas, no mundo de Bediai, do que desfrutando da tecnologia atual das cidades. Quero dizer, estamos muito mais próximos da selvageria do que se imagina.

A guerra vai para o céu

O transistor da Iaci nos informa que a Soyuz-18 1-1 foi lançada recentemente, abril, talvez tenha apresentado problemas, e a tripulação foi resgatada com vida. A Salyut vai plantar hortas no espaço. Estão plantando repolho chinês, cebolas, batatas, beterrabas, e vão usar o método hidropônico, que consiste numa tentativa de produzir sem a utilização de terra.

— Caramba — intervém Zé Messias —, plantar sem terra?

— Como não, cumpadre? E as plantas que crescem dentro d'água?

— É verdade...

— Nada disso — explica Marcelo. — Hidropônico é um método que consiste em produzir uma cultura vegetal usando sais minerais. A questão é como produzir uma cultura fora da gravidade, em órbita, no espaço.

— Em abril de l961 — lembra o Werther —, dez anos antes de a primeira estação espacial entrar em órbita, a Salyut 1, a União Soviética surpreendeu o mundo. Yuri Gagarin permitiu que o homem se libertasse da camisa de força da atmosfera da Terra. O voo durou 1 hora e 49 minutos, e tem gente em Portugal que até hoje não acredita.

Marcelo recorda que Gagarin, deslumbrado, disse ser a Terra inteiramente azul, frase que ficou famosa. Ele desceu de paraquedas de uma altura de 7 mil metros. Foi uma descida difícil pelas limitações da tecnologia da época.

Oito anos depois, em julho de 1969, mais de um bilhão de pessoas assistiram pela TV à descida de Neil Armstrong, 38 anos, na lua. Andou sobre ela, e finalmente viu a Terra do ponto de vista lunar. Realizava-se, certamente, a maior aventura do homem desde que demos um "até logo" ao macaco, na escala da evolução. Do ponto de vista científico, certamente. Do ponto de vista da aventura, dos riscos, do perigo, temos cá nossas dúvidas.

Volto para o meu diário, parceiro fiel. Eis o que disse, pomposamente, Neil Armstrong, ao pisar na lua: "Este é um pequeno passo para o homem, um gigantesco salto para a ...". Desconfio que decorou. Decorou como dever de casa.

* * *

Iaci está *colada* no rádio. São quase 11 horas da noite. A rádio de Moscou vai informando tudo, é visível o orgulho do locutor, e me vejo ao lado dela tentando acompanhar as notícias sobre a permanência no espaço dos dois astronautas soviéticos.

Os anos 1960 foram o século XV

Os anos 1960 foram o século XV da conquista espacial. Nunca se investiu tanto, se apostou tanto, se competiu tanto quanto nessa década no campo das viagens espaciais. Socialismo e capitalismo entraram em campo; pareciam as competições dos Jogos Olímpicos. Esses anos 1960 foram a década do espaço, com visível vantagem para os soviéticos. Faltou apenas um Tratado de Tordesilhas. Aventou-se essa necessidade. Em suma: os anos 1960 foram o século XV.

Os índios estão espantadíssimos com o rádio transistor da Iaci. Aterrorizados. No início fugiram para o mato, em plena noite. Depois foram retornando, desconfiados, cheios de cautela. E não dormiram mais. Ignoram e sequer se perguntam sobre a existência do Brasil, e de outras nações, vamos dizer, civilizadas. Roda, telefone, carro, relógio, naves espaciais, astronautas, sistema planetário, dúvidas, o que é tudo isso para eles? Não é nada.

que dividiu o mundo, muito além das duas Alemanhas. Ao se aproximar do muro, certamente já ofegante e quase vitorioso, com a felicidade no rosto, sentindo o gosto da liberdade perseguida, recebeu uma saraivada de 24 tiros em seu frágil corpo. Sangrou e permaneceu em agonia durante quase uma hora. Nenhum de seus algozes ousou ajudá-lo, ou pelo menos se aproximar, até mesmo para recolhê-lo.

A PREPOTÊNCIA PERDEU

ABRIL DE 1975

Corre o ano cinzento de 1975. Os meses se arrastam feito jabuti se escondendo sob as folhas dos *varadouros*. A Guerra do Vietnã acabou. Chega ao fim uma tragédia de trinta anos. Os protagonistas dessas sucessivas invasões em território vietnamita foram japoneses, franceses, e agora os americanos, exatamente nessa ordem.

Saíram aos tabefes, aos empurrões, levando rasteiras, sob cotoveladas, literalmente. Aviões com lotação esgotada são disputados a tiros entre os fujões, é o que informa o transistor da Iaci. Os EUA perderam 60 mil homens, é o que eles dizem, não se sabe o número de feridos e desaparecidos, mas pode-se supor de 400 a 500 mil, no mínimo. Gastaram mais de 150 bilhões de dólares e a autoestima de potência militar mundial ficou visivelmente arranhada. Para não falar da miséria psicológica que a guerra deve ter produzido na cabeça desses soldados.

Estamos grudados no noticiário da guerra. O Vietnã do Sul, ocupado pelos americanos, depois de uma permanência de dez anos, começou a cair por volta das 14h30 do dia 29 de abril deste ano, hora de Saigon, capital do Sul. O mesmo dia — e a imprensa comeu mosca, pelo menos as rádios, esquecendo esse detalhe — em que a Alemanha perdeu a guerra, simbolizando o suicídio de Hitler como a pá de cal da sandice germânica.

Hanói avisou ao general Dung, comandante do ataque final ao Vietnã do Sul, que desse meia-trava, já que Kissinger negociava com os soviéticos para que a retirada dos americanos fosse mais lenta, menos humilhante. O que o secretário de Estado dos EUA pediu aos soviéticos é que intercedessem junto a Hanói, adiando o ataque final. Dung não gostou, suspeitou da manobra e mandou um recado para seu companheiro, comandante da frente Leste, general Tan: "Se a retirada for deliberadamente prolongada, que prepare suas tropas para bombardear o centro de Saigon, capital do Vietnã do Sul". Aí sim, os americanos veriam a porca torcer o rabo, urubu voar de costas, mendigo ser tratado por excelência e venta de porco virar tomada.

Levaremos anos para saber o que de fato aconteceu nos bastidores dessa retirada tão desastrosa e humilhante, mas algumas informações começam a ser reveladas. O rádio é a ferramenta mais rápida que o homem jamais imaginou criar em toda a história da civilização. E o transistor é a etapa final dessa revolução. Jamais, é o que se acredita, o homem poderá inventar algo mais contundente.

A CONJUNTIVITE AJUDOU...

Um dos episódios da tragédia: vários generais derrotados do Vietnã do Sul estão reunidos numa velha casamata. O ex-comandante da Região Militar III, general Toan, pilota uma cadeira de rodas. O general Truong, que perdeu Danang, exibia uma conjuntivite tão grave que não enxergava a cadeira em que se apoiava.

Um general americano entra, às pressas, nesse doloroso mês de abril de 1975, num baixo astral de fazer dó, e ordena que todos os generais retirem os uniformes.

— Não podemos nem permanecer com as estrelas nos ombros? — indaga um dos generais vietnamitas.

— Não — respondeu o general americano. — Vocês não têm mais exército, não têm mais tropas, não têm mais país!

O transistor da Iaci informa que os marines deixam o Vietnã na maior correria, igualzinho a ladrão de galinha apanhado em flagrante. As sandálias de dedo, feitas com as sobras dos pneus de aviões americanos abatidos pela resistência vietnamita, derrotaram o coturno, a bota militar, o símbolo da prepotência bélica.

Hoje à tardinha, após o noticiário, improvisamos uma bravata na selva e demos gritos uníssonos em favor da liberdade. Ridículo, porém mobilizante, enternecedor. Estamos em outro mundo, no mundo das águas e da selva, da alienação absoluta, mas não perdemos o contato com o planeta Terra. Milagres do rádio, da tecnologia de ponta. Para onde iremos, meu Deus, com todos esses avanços, essas invenções?

Nguyen Giap, o gênio estrategista do Vietnã, o general que derrotou as tropas francesas e agora as norte-americanas, o Napoleão do século XX, disse ontem:

— A primavera de 75 registrará, na história de nosso povo, um grande feito: numa batalha estratégica decisiva, rápida — 55 dias e 55 noites — esmagamos o Exército de Saigon, uma força de mais de um milhão de soldados, equipado e orientado pelos Estados Unidos.

Giap, o sóbrio, o Napoleão do século XX, descreve o feito — e que feito! — com as tintas dos números, a frieza da sabedoria de seu povo.

¡A MILICADA ESTÁ SE MIJANDO! ...

A Amazônia vai ficando pai-d'égua. O sistema DDD — Discagem Direta à Distância — acaba de ser inaugurado no Brasil, exatamente em Boa Vista, capital de Roraima, estado ao norte da região. Uma coisa inimaginável. Um pequeno passo tecnológico, um grande salto para a humanidade, parodiando Armstrong. A milicada brasileira, paranoica, está encurtando distâncias, tudo em razão da geopolítica, querendo controlar até peido, apavorada com os inimigos "internos e externos".

* * *

Três chefes de Estado estiveram presentes na troca de guarda — substituição de Médici por Geisel — na posse do novo ditador: Juan Bordaberry, Uruguai; Banzer, Bolívia; e finalmente ele, a bola da vez, da violência: Augusto Pinochet. Foi a primeira vez que o ditador deixou o Chile. Vale a pena; Brasil, país irmão e camarada. Por intermédio de um assessor, produziu uma metáfora literária de mau gosto: "A América Latina pode ser comparada a um barco. Ou navegamos juntos ou afundamos juntos". Para o barco deles não vale a pena comprar passagem. As rádios hoje são um *big-brother*, nada escapa aos seus ouvidos.

* * *

— Consta que um discípulo procurou Sócrates, e o interpelou sobre o que ele achava do casamento. Foi mais preciso: perguntou se devia ou não casar. Ele recomendou: "Faça o que achar melhor, mas não se esqueça de se arrepender um dia!" — Essa foi a resposta de Iaci quando revelei o desejo de "aprofundarmos nossa relação".

Marcelo ouviu e, olhando pra mim, pontuou: "Não fica bem uma freira andar com uma puta. E, no entanto, ela precisa aprender a pregar num prostíbulo".

Senti desejo de ofender a mãe do Marcelo.

* * *

A Rádio Havana noticiou que os dois astronautas — Pyotr Klimuk e Vitaly Sevastyanov — desceram à Terra após uma permanência de dois meses no espaço. Os soviéticos, e todas as nações "irmãs", estão exultantes com mais esse feito do socialismo. Não podem andar. Terão que permanecer alguns dias paralisados.

O pulo do gato nessas expedições exploratórias tem sido, invariavelmente, as roupas. Os trajes do Bediai e do Zé Messias são lamentáveis mas adequados. Os americanos, nos anos 1960, começaram a perder a corrida espacial para os russos em razão das roupas.

O coronel soviético Alexei Leonov foi o primeiro homem a passear no espaço, em março de 1965. O passeio fora da nave durou 10 minutos; checou peças, testou instrumentos e ainda de sobra filmou a Terra e o céu estrelado. Os americanos entraram em pânico. Só mais tarde descobriram a chave do segredo: com a ajuda de biólogos, os russos desenvolveram um traje especial que protegeu os dois astronautas das radiações cósmicas e queimaduras dos raios solares. Essas roupas, uma verdadeira câmara espacial, contavam com sofisticados sistemas de comunicação e respiração, afora visor transparente, luvas e calçados espaciais. Imaginemos as roupas de Bediai e Zé Messias, deploráveis e sem nenhuma sofisticação tecnológica. E, no entanto, os vemos, e são, nossos heróis e desbravadores...

A voz do locutor volta a invadir a selva. As rádios continuam se digladiando. Os índios se recolhem, lançam ao chão suas esteiras, protegidos por um pequeno tapiri construído já de noite. No centro, uma grande fogueira.

QUEM MATOU GILBERTO?

JULHO DE 1975

Temos conversado sobre os Waimiri-Atroari, do Amazonas. Zé os conhece muito bem. Já trabalhou na atração desses índios. Permanecem arredios. Não querem saber de contato com civilizados. Há cem anos repetem o mesmo ritual: nos recebem, fazem festa e depois trucidam a expedição branca. É um terror.

As rádios informam que os Waimiri-Atroari trucidaram o Gilberto Pinto, amigo do Zé, sertanista da Funai, e todo o seu grupo. Gilberto foi assassinado, juntamente com mais três auxiliares, no fim do ano passado, no dia 29 de dezembro. Ele tinha entrado em rota de colisão com a milicada que quer construir a BR-174, ligando a Amazônia à Venezuela, portanto ao Caribe.

Gilberto foi eliminado às vésperas do ano novo. Infeliz ano-novo. Em 1973 mataram, de forma horrenda, mais três sertanistas, e no ano passado trucidaram mais seis funcionários da Funai. Não esquecer que em 1969 eliminaram a expedição do padre Calleri, num total de dez pessoas, inclusive uma mulher. Não raro comem as vítimas. Perguntar não ofende: quem matou de verdade o Gilberto Pinto? Difícil acreditar que foram os índios, amigos há anos do sertanista!...

— Que bom — diz bobamente o Alfredo —, os índios aqui não são violentos. São de paz.

— Tá por fora, colega — corta o Zé Messias. — Esses bichos são capazes da mesma violência, senão pior. Aquele demorado agarramento todo foi pra quê? Bichice? Coisa nenhuma! E tem mais! Nos trucidam e depois nos comem numa fogueira rodeada de alaridos. Não é, Bediai?

Bediai continua no mundo da lua, excelente sítio para se proteger de nossas arengas, conflitos, entretido em suas atividades manuais. Olha para o grupo, sereno, afável, concorda com a cabeça e se retira suavemente, mexendo no interior de seu jamaxi.

* * *

Durante três dias após a partida dos índios não se falou noutra coisa: o *contato*, o medo, a atitude do Bediai, a troca de papéis decidida na hora entre os dois, o pânico do Zé em ver o amigo ser flechado, o gesto da Iaci, e assim por diante. Já no quarto dia não se disse mais nada.

Ela voltou a ouvir, à noite, o noticiário do cerco policial ao grupo de Tigre. Não conversa sobre o assunto mas é a única que acompanha o noticiário. Outro dia ficou felicíssima: a Rádio de Havana abordou o movimento.

Bisbilhoteiro, o Alfredo disse-me que a Iaci conhece, e muito bem, o Tigre.

* * *

Ninguém vai ler esses manuscritos... Tudo porcaria. Ao retornar, fogueira neles.

A odisseia de Bediai

Cantem para nós, ó deuses da selva, a saga silenciosa de Bediai, o mais sutil e arguto dos homens nesse universo de água, mata e adversidades! Canta o seu silêncio, a sua tolerância, o seu desencanto com o mundo dos brancos, o seu querer nada querendo! Perdeu seu povo, terras, sítios sagrados, cerimônias religiosas, rios, onde certamente mergulhava como um deus, e hoje perambula solitário entre nós, conduzindo nos olhos e na alma toda a piedade da Terra! Sua convivência com todos nós, agentes da civilização, só agrava e acentua sua solidão.

Apoiado sobre uma árvore, com as mãos calosas enterradas em seus artesanatos, refletindo sobre os dias que se foram, e sem saber como serão os que estão por vir, Bediai, o mais sutil e ousado dos homens, o mais humilde e mais astuto, detém-se sobre o verde da floresta, ouve o canto da bigorna e observa, entristecido, que os músculos de suas pernas e braços, assim como o tronco, já não têm mais a flexibilidade e a consistência dos tempos idos e vividos.

No outono de sua existência, nenhuma Penélope o espera. Por não haver mais Penélope, por não haver mais esperanças, família, caminha sereno, com o peito erguido, olhando as estrelas, às vezes tropeçando sob o peso dos anos, sobre a relva, que molha todos os dias seus pés cansados. Túnica bordada nunca ostentou, e os pés jamais calçaram sandálias de correias macias. Em todas as lutas, que travou sempre com a tolerância nos olhos, em que perdeu tudo ou quase tudo, jamais empunhou um bastão rematado em pedras preciosas.

Triste, sereno e sábio, Bediai, o mais sutil e astuto dos homens da selva, contempla, desencantado e afável, o grupo de seres urbanos que há mais de um ano vem dividindo com ele quilos de sal. Em sua vida e na de seu povo tudo poderia acontecer, mas jamais — jamais, repitamos — imaginaria um dia conviver com gente tão confusa, estranha e alterada. Cantem, ó deuses, para nós, a odisseia de Bediai, o mais sutil, sereno e tolerante de todos os homens que até então conhecêramos.

A malária não dá trégua

Este mês tem nos açoitado duramente; voltou a chover sem parar. Zé ensina: "A região tem apenas verão e inverno. No verão chove todos os dias, e no inverno o dia inteiro". É o nosso mantra. Parece um dilúvio. O grupo está esfacelado. Bediai não esconde mais o cansaço e a saudade de sua gente.

Nossas caminhadas não vão além de 3, 4 quilômetros por dia. É pouco, quase nada. Mais, as chuvas não deixam. A maleita voltou a nos atacar. Está com ela todo o grupo. A única exceção: Iaci. Eita, mulher dos diabos! Alemão está mal. Tem tomado quinino com sulfa, em quantidades exageradas, mas a maleita não o abandona. Diante de seu estado, o grupo tem reduzido o tempo dos deslocamentos.

— Estou atrasando, podem me deixar que não quero atrapalhar ninguém.

Durante o delírio, que se tem repetido, insiste nesse ponto. Deve estar paranoico, sentindo o mal-estar geral pela pouca agilidade do grupo. Uma única pessoa machucada numa expedição pode botar tudo a perder. É preciso paciência, e reconheçamos que essa é uma virtude inexistente numa viagem como a nossa. A tolerância está zerada, praticamente para todos...

Bediai localizou uma roça indígena abandonada, onde recolheu milho e macaxeira. Estamos delirando dupla, triplamente; malária, *chás* e folhas. Uma notícia terrível nos apanhou. Iaci pediu segredo absoluto.

— À noite, no programa "Mensagens", de uma emissora da região, a família de Luzia comunica o seu falecimento.

— Zé precisa saber!

— Não sei se é a hora...

— Ele precisa saber — insistiu Bediai.

— Quem comunica?

Mais uma tragédia. E lá nos vem, à memória, Luzia recolhendo lenços, sapatos velhos, brincos, camisas rotas, tudo "que possa lembrar um pouquinho de vocês".

— Eu falo, eu falo com ele — gritou Iaci.

Dá meia-volta, deixa-nos bruscamente, apanha o Zé lavando o rosto na beira de um igarapé sem nome, fica de cócoras, e os vemos conversando, de mansinho, quase sussurrando. Iaci fala baixinho, tocando com os lábios os lóbulos de sua orelha, ele vai ouvindo tudo, em silêncio, olhos no chão, corpo curvado. Ficamos vendo o Zé pelas costas, e pelas costas vamos lendo o seu rosto, seus olhos, a contração de seus lábios, sua dor. A toalha ao ombro, escova à mão esquerda, sabão na mesma mão. Botas rotas e velhas protegem seus pés. O colarinho da camisa está inteiramente puído. Iaci usa bermuda colorida, desbotada, na altura dos joelhos. Os sapatos são de látex, de seringa, como se diz por aqui.

E lá estão os dois sentados num tronco seco, sobre a lama da margem do igarapé, contritos, mudos, e vemos a toalha, a saboneteira e a escova levadas lentamente pela correnteza das águas. Zé debruça a cabeça sobre os joelhos. Ela põe ternamente a mão em seu ombro direito, e aos poucos a toalha e a saboneteira desaparecem, imersas na água, restando apenas uma escova, em redemoinhos, girando feito barata morta em remanso de curva de rio. Assim Zé Messias reagiu ao suicídio de Luzia; e assim podemos ler, através de seus objetos pessoais, como reagiram seus olhos, seu coração, sua boca e sua alma à perda irreparável da companheira amada.

O VOO DAS GARÇAS SEM ASAS

AGOSTO DE 1975

— Vi voando, serenamente, uma garça sem asas. Lenta, bela. Acompanhei-a demoradamente. O pescoço um pouco maior que o normal, talvez pela inexistência de asas; mesmo assim o seu voo, gracioso, não perdia a serenidade e a elegância. Subia, descia, formava círculos, produzia desenhos imaginários, tudo isso com tanto encanto, e depois retornava.

— Vamos nos juntar? — proponho.

— Marido e mulher? Não seja ridículo... Posso até acreditar em sua paixão, mas não perca de vista que o casamento é o pior espaço para se viver uma troca sexual, portanto, uma paixão.

— Não quero perdê-la!

— Ninguém perde ninguém. Assim como ninguém conhece ninguém. "Que sonhe me salvar é sublime, mas que se sinta meu salvador é ridículo..."

— Você é dura!?!

— A vida, meu amigo, é má porque, logo que a necessidade e a dor nos dão uma trégua, imediatamente o tédio nos chega. E aí precisamos de ocupação e distração. Portanto, mais sofrimento...

* * *

Estamos em fim de linha, ponto terminal de uma expedição que se excedeu: excedeu nos esforços físicos exigidos, excedeu os limites da tolerância humana de convivência, excedeu na capacidade de ver a alma escondida do outro. Nenhuma alma frágil, doce, pode ser sincera. Tenho pensando, com muita dor, sobre essas duras verdades. Revelo-as, pautas vadias, porque apesar de tudo...

* * *

Estamos hospedados num *barracão* decadente. O gerente trata-nos bem. Aguardamos somente a chegada de uma embarcação para subirmos um afluente do Madeira em direção à cidade mais próxima. Apenas um bilhete me foi deixado. Depois soube que preferiu não se despedir.

> É preciso ver a garça sem asas voando. Sem isso não haverá cumplicidade.
> Deseje-me boa sorte!
> Com ternura,
> Iaci
> P. S.: Rasgue e queime-o.

Bediai e Zé Messias não nos acompanharão. Seguem outros rumos; retornam, por outro caminho, a BR-364 (Cuiabá-Porto Velho). Werther vai para São Paulo e logo depois voa à Alemanha, onde reencontrará sua filha, após curar as últimas sequelas da maleita.

Marcelo garante que "ainda vou me demorar pela região. Tão logo as chuvas permitam, ponho o pé na estrada, na direção de Iñapari, Bolpebra e Assis Brasil. Nessas três vilas, três países se encontram: Peru, Bolívia e Brasil. Mas isso no começo do próximo ano..."

Clara vai aguardar a equipe em São Paulo. Dela, pouco sabemos. Iaci informou que Clara, antes de nos deixar, se encontrava muito deprimida: "Os sinais eram visíveis."

Kafka está fora

Acordei numa pensão vagabunda de beira de estrada. Descobri, estarrecido — e vamos pôr Kafka fora disso — ter me transformado num imenso rio de águas paradas. Tenebroso, de largura assustadora, cheio de voltas e retornos, dezenas de ecossistemas e águas barrentas. Afluentes da margem esquerda são de águas cor de terra; os da margem direita apresentam águas escuras, ora cor de vinagre, ora cor de vinho. Em comum, em todos esses rios menores, uma mesma tragédia: estão bichados pelo vírus da inércia e pela contaminação do mercúrio. Essa imensa bacia de águas é, portanto, um mar de tristezas. Um absoluto silêncio domina as praias, a várzea, cujas águas estão escuras, sombrias, assustadoras. Até a faixa da terra firme, onde se alojam as espécies mais fortes, as árvores nobres e de grande porte, foi contaminada. É um mar de dor.

Tudo nessa bacia e afluentes revela padecimento: os peixes já não exibem tanto vigor em seus movimentos, as plantas das margens estão esquálidas e até a copa das árvores que as acompanham está descolorida. E, como num coordenado movimento geral, nem os pássaros cantam; entraram na muda, estão recolhidos. As casinhas, as poucas existentes, antes alegres e ruidosas, encontram-se abandonadas, e seus moradores, curvados pelo peso imensurável da tristeza. Os igarapés, os paranás, os furos e os lagos majestosos, tudo parte da família formada pela bacia, também mergulharam numa sombria pasmaceira. É como se uma peste perversa, daquelas da Idade Média, das que nos fala Camus, tivesse tomado conta do rio principal e afugentado as pessoas, todos os seres vivos, e transformado em deserto o que antes era vida, cores e festa.

Silêncio pesado, que nos retira qualquer vontade de voltar ao mundo, que me prende à cama imunda dessa pensão fedorenta. Vontade não há. Determinação nenhuma. Descobri nesse obscuro sonho, não sei se real ou imaginário, que, se contemplei tudo isso, talvez valha lembrar fragmentos das histórias do Bediai, do Zé Messias das façanhas inverossímeis, da Luzia, da Iaci, do Comandante e seus feitos eróticos, guardados na retina dos encantamentos. Se é que existiram!

Ou será que tudo isso não passou de alopramentos, fantasias, os mesmos que açoitaram as mentes alteradas de Américo Vespúcio, Hans Staden, as xilogravuras de Johan Froschauer, os relatos de André de Thevet, de Jean de Léry? A mente humana, alimentada pelo feitiço dos cipós, das folhas e raízes mágicas, não tem limite para viajar, fundear nos mais delirantes portos. Quem vai saber, Deus meu?

* * *

Dia de brisa e sol ameno. Vou à parede, onde permanece um velho calendário, e vejo: outubro de 1975, mês de muita luz e calor suportável. Descubro, revendo as primeiras páginas deste diário, que faz 14,15 meses, ou mais, que essa história começou. De que são capazes 15 meses na vida das pessoas!... Estranhei tanta coisa, senão tudo. Primeiro, estar sozinho. Depois, duas garrafas: uma de cachaça e outra não identificada. Que fizemos nos últimos tempos? Não sei com precisão. A única certeza, se é que é certeza, foi uma longa viagem, que começou num distante mês de abril, há mais de um ano, trilhando, Deus sabe como, estradas, rios e selva.

* * *

Outra certeza: ainda acredito que vontade e lutas são prazeres. Reminiscências de uma juventude que ora sai de mansinho. Mas já descobri ser insaciável o desejo e inevitável a derrota.

O ruído de uma frota de Scania, carregada de mogno, o jacarandá da região, faz-se ouvir diante da pensão. São certamente as primeiras levas dessa madeira nobre, até então intocada. A Mata Atlântica está dando adeus, a bola da vez agora é a Amazônia.

SONHO OU PESADELO?...

25 DE JUNHO DE 2014

PS: Estou chapado. A Amazônia do pai não existe mais. Dançou. Perdeu. Foi dominada e subjugada. O que vimos? Estórias, vivências, delírios, memórias? Quem sabe?

Conheci muito pouco o Coroa. Minha mãe é que sempre o resgatou, após sua morte. E Deus sabe com que imagens festivas. Choveu alto na fantasia de sua imaginação, digo eu plagiando-o. Ela gostava de lembrar, já que também falecida, ter sido eu gerado numa noite de muita magia, encanto, juras de amor. Ambos me pouparam de um constrangimento; fui gerado numa noite de esbórnia.

Quem garante que este diário nada mais foi que uma viagem do Velho, um delírio das folhas e cipós mágicos? Se tudo são hipóteses, que fique você...

Mesmo assim é a fotografia de um tempo, num retratinho 2x2, do que foi a região no século passado. A foto da vizinha adolescente, experimentando a máquina Nikon ganha na véspera, elucidou tudo. Foram dois cliques, duas fotos. Uma ele deu a Luzia nos últimos meses da expedição. A outra está diante de mim, numa das gavetas de sua mesa de trabalho. Desbotada, em preto e branco, lá está o pai na calçada da rua Jaguaribe, no coração de São Paulo, e, no interior do táxi, minha mãe, com cara confusa, desnorteada.

Num fim de noite, esses dois perdidos se conheceram, num tempo de chumbo, e eu comecei a nascer. Sequer sabiam o nome um do outro. Meus pais morreram, certamente, com saudades do que não foram. Exatamente como me sinto agora!...

Este livro foi impresso na Edigráfica.